EssexWorks.

For a better quality of life

CLA

Please return this book on or before the date shown above. To renew go to www.essex.gov.uk/libraries, ring 0845 603 7628 or go to any Essex library.

Essex County Council

KAREN WALLACE

O Rio das Framboesas

Tradução de
Clara Aguiar Riso

EDITORIAL PRESENÇA

FICHA TÉCNICA

Título original: *Raspberries on the Yangtze*
Autora: *Karen Wallace*
Copyright © 2000 Karen Wallace
Edição original publicada em língua inglesa por Simon & Schuster UK Ltd, 2000
Tradução © Editorial Presença, Lisboa, 2001
Tradução: *Clara Aguiar Riso*
Capa: *Vítor Duarte*
Composição, impressão e acabamento: *Multitipo – Artes Gráficas, Lda.*
1.ª edição, Lisboa, Maio, 2001
Depósito legal n.° 164 235/01

Reservados todos os direitos
para Portugal e países africanos lusófonos à
EDITORIAL PRESENÇA
Rua Augusto Gil, 35-A 1049-043 LISBOA
Email: info@editpresenca.pt
Internet: http://www.editpresenca.pt

Para o David, com amor

UM

Tudo começou no dia em que o meu irmão e eu decidimos envenenar a nossa mãe.

Estava uma manhã de Verão, amena e cheia de sol. Levantámo-nos cedo e ao pequeno-almoço comemos Rice Krispies. Voltámos para os nossos quartos, puxámos os cortinados e fizemos as camas à pressa.

Mas talvez seja melhor apresentar-me primeiro. Chamo-me Nancy. O meu irmão chama-se Andrew. Não somos nada parecidos um com o outro. Ele tem cabelos escuros e uma cara comprida. Os seus olhos castanho-esverdeados têm um ar desconfiado. Não que o Andrew esteja sempre a meter-se em confusões. Muito pelo contrário. Ele é desconfiado porque anda sempre à procura de sarilhos para, assim, poder evitá-los.

Eu não sou nada desconfiada. A minha mãe diz-me que devia sê-lo, uma vez por outra. Talvez tenha razão. Ando constantemente metida em sarilhos. Nada de grandes tempestades, entenda-se. Apenas uns remoinhos e umas correntes de ar que deitam sempre coisas abaixo. E, de alguma forma, a culpa é invariavelmente minha.

Essa é outra diferença que existe entre o Andrew e eu. Nunca tem culpa de nada.

Voltando atrás, ao contrário do meu irmão, eu tenho cabelos loiros e encaracolados, olhos azuis e uma cara redonda com sardas.

Na verdade, quem não souber que o Andrew é meu irmão nunca adivinhará. A única coisa que temos em comum é sermos os dois altos. E passarmos a maior parte do tempo fora de casa.

A culpa é do bosque e do rio. Passo a explicar. Vivemos no campo, no Canadá. Para ser mais exacta, vivemos numa antiga cabana feita de madeira. Nota-se que é antiga porque os troncos estão pouco apertados e têm as extremidades quadradas para encaixarem uns nos outros. No espaço existente entre eles tinha sido posta argamassa que, por aquela altura, já estava a desfazer-se. Quando a comprámos, a cabana tinha duas janelas à frente, uma em cada quarto, e no meio, uma porta. Parecia uma cara que sorria para mim.

Depois a minha mãe e o meu pai construíram mais umas divisões, para que coubéssemos todos, e, por isso, acho que agora já se pode chamar à cabana casa de madeira.

Vivemos bastante perto de uma estrada com muito movimento, mas ninguém o diria até percorrer o caminho de terra batida que vai da nossa casa até lá. No fundo, é uma casa isolada. Na parte da frente há pinheiros. Mas na parte de trás, onde surge um declive, há carvalhos silvestres e vidoeiros rodeados de plantas de folhas perenes. Existe uma pequena clareira e à volta da casa há canteiros. No Verão, a mãe planta gerânios vermelhos e cor-de-rosa, margaridas de olho-preto, e malmequeres brancos e azuis.

Supostamente deveria crescer uma roseira amarela num dos lados da casa, mas há qualquer coisa que está sempre a comê-la e por isso ela não floresce muito.

Retomando o assunto, naquela manhã o meu irmão e eu planeámos uma viagem até ao rio Gatineau. O Gatineau fica a cerca de dois quilómetros e meio do sítio onde moramos. Todos os anos, depois de o gelo derreter, transforma-se numa estrada feita por milhares de troncos que são levados pela corrente, desde os locais onde são empilhados nas florestas do norte até aos moinhos de pasta de papel, seguindo o curso do rio em direcção a Otava.

Considerávamos nossa uma pequena lagoa pantanosa, que estava separada do rio por uma língua de terra. Não tinha corrente e tinha apenas alguns metros de profundidade.

Todos os anos havia alguns troncos que conseguiam contornar a ponta de terra e deslizavam para dentro da nossa lagoa.

Depois de um grande esforço de observação, tomavam-
-se as decisões difíceis e escolhíamos dois deles para o Verão.

Assim sendo, naquela manhã, o Andrew e eu íamos ins-
peccionar os nossos troncos.

Encontrar o tronco certo é uma missão importante. Começa-se a procurar em Maio, depois de o gelo derreter e as jangadas de troncos começarem a descer o rio. Quando finalmente se encontra o tronco certo, puxa-se essa massa dura e lamacenta para fora de água, o mais alto possível.

Este ano, depois de uma diligente busca, encontrara o meu melhor tronco de sempre. Era liso, o que fazia com que fosse possível andar em cima dele sem que as pernas ficassem todas arranhadas na parte de dentro, e não era demasiado comprido, permitindo uma navegação fácil. A cerca de um terço do caminho encontrei a ponta de um lenho. E tinha uma forma óptima. Podia ser um *joystick*. Podia ser o cabo de uma espada. Podia ser o arção de uma sela. Podia ser qualquer coisa. Era o tronco perfeito.

O Andrew não estava assim tão entusiasmado com o tronco dele. Um tronco era um tronco, no seu entender. Mas, ainda assim, tinha passado algum tempo a procurar e finalmente encontrou um que lhe servia. Se ele *gostava* do dele da mesma forma que eu gostava do meu, isso eu não sei. E eram dúvidas que permaneceriam em aberto. O Andrew nunca admitiria gostar de um tronco, ainda que realmente gostasse. *Gostar* de troncos era coisa de meninas mimadas.

Para mim, o meu irmão era um pensador. Acho que era por ele me ganhar sempre nos jogos de cartas.

No fundo, porém, parece-me que seria mais acertado dizer que o Andrew apenas fingia ser um pensador. Na verdade, ele era um sonhador. No seu mundo, os sonhos e a realidade estavam muitas vezes ligados.

Os meus sonhos faziam parte do meu mundo. Se pusesse umas sapatilhas de *ballet*, sonhava que era uma bailarina. Se tentava chocar um ovo de pássaro no candeeiro do meu quarto, esse pássaro era desde logo o meu companheiro de todas as conversas.

Voltando ao assunto, naquela manhã, quando nos esgueirámos pela porta das traseiras, a minha mãe estava a limpar a casa e o aspirador parecia um enorme vespão furioso. É engraçado ver como uma máquina pode assumir o estado de espírito da pessoa que está a utilizá-la. O que quero dizer é que o aspirador também podia ter-me parecido uma abelhinha sonolenta num dia de Verão. Mas não pareceu. A minha mãe estava a dominar aquele aspirador como se fosse um cavaleiro das portas do inferno. Vi fumo a sair-lhe das orelhas e os olhos a chamejarem com um brilho verde muito estranho.

— Arrumaste o teu quarto? — Perguntou o Andrew, em voz baixa.

Na minha cabeça vi a imagem dos lençóis, meio em cima da cama, meio no chão. Vi a casa das bonecas aberta. Bonequinhas deitadas no chão, ao lado de mesas, cadeiras e filas de carros. Havia também pedaços de tecido por toda a parte. Eu gostava de coser e fazia pequenos quadros com pano. E tinha estado a cortar pedaços para fazer uma prenda de anos para a minha avó.

O rugido do aspirador enfureceu-se. Percebi que a minha mãe estava a entrar no meu quarto.

— Vamos — disse. — Antes que seja tarde demais.

Seguimos ao longo de um carreiro que existe atrás da casa até chegarmos a um prado pequeno mas compacto. Estava sempre muito claro no prado porque quase não havia árvores para nos protegerem da luz do Sol. A erva estava macia e densa e salpicada de dentes-de-leão e margaridas amarelas. Era por aqui que fazíamos as nossas caminhadas. Apressámo-nos a atravessar uma mata com vidoeiros, em direcção a uma estrada mais abaixo, onde morava um dos nossos vizinhos.

O Sr. Chevrolet estava sentado cá fora. A sua casa também era feita de madeira, mas de tábuas grossas sobrepostas, não de troncos. Estava construída na encosta de um vale e, presa a três dos seus lados, tinha uma varanda de madeira, cuja cor o sol já comera.

O Sr. Chevrolet balançava-se delicadamente na sua cadeira de baloiço, feita de pinho tratado. Tinha um cigarro numa mão e um monte de jornais na outra. Fumava *Balkan Sobranies*. *Balkan Sobranies* são cigarros turcos. Vendem-se numa caixa creme e preta, têm cores diferentes e estendem--se em filas como se fossem paus de rebuçado sobre um lençol de papel dourado. Cada dia fumava um de uma cor diferente. Naquele dia era Terça-feira e por isso eu sabia que o cigarro do Sr. Chevrolet seria um dos verdes com uma risca dourada à volta do filtro.

O Sr. Chevrolet era polaco. Chamávamos-lhe Sr. Chevrolet porque não conseguíamos pronunciar o seu último nome e por isso decidimos dar-lhe o nome do carro que ele guiava: um Chevrolet. Além disso, soava um bocadinho como se fosse o seu nome verdadeiro. O Sr. Chevrolet rira e dissera que era uma boa solução para o problema e depois de algum tempo acabou mesmo por esquecer o seu nome verdadeiro. O Sr. Chevrolet era assim. Gostava de tornar as coisas mais simples.

Não sei bem o que fazia para viver. Penso que escrevia livros. Sei que tem prateleiras cheias de livros de todas as partes do mundo. Ele guardava os selos estrangeiros para nos dar.

Quando não estava a escrever, entretinha-se com motores de barcos. Muitas vezes com o mesmo motor. Passava horas a enrolar molas e a colocá-las no sítio certo. E nunca se zangava quando elas saltavam e se desenrolavam aos seus pés, o que acontecia sempre.

Não era alto nem delgado como o meu pai. Era bastante pequeno e até um pouco atarracado. Tinha uma cara lisa e imensos cabelos brancos ondulados. Mais do que qualquer outra coisa, ele era a materialização da ideia que todas as pessoas fazem de um tio perfeito. Um tio perfeito que fazia limonada caseira. Havia sempre alguma na cozinha e, no Verão, enchia copos de plástico se tivéssemos sede, ao passar pela sua casa.

Acenámos.

O Sr. Chevrolet respondeu e voltou para o seu jornal. Não era dia de limonada.

Continuámos pelo mesmo caminho até a um monte íngreme e o sol voltou a incidir sobre nós. Os carris do comboio estavam à nossa frente. A linha ia desde Otava, no norte, até sítios dos quais nunca tínhamos sequer ouvido falar. Só passavam por ali comboios de carga e não muitos. Mas, ainda assim, a minha mãe tinha instilado em nós o medo de sermos apanhados por um comboio. Tínhamos uma ordem que seguíamos sempre. Se ouvíssemos um comboio a aproximar-se, ficávamos os dois do mesmo lado dos carris e esperávamos até que o enorme monstro de ferro retumbasse perto de nós. Tanto o Andrew como eu tínhamos uma vontade enorme de saltar só com segundos de antecedência, mas passavam tão poucos comboios que há muito tempo desistíramos.

Parámos e respirámos o cheiro quente e afiado do alcatrão das tábuas de madeira da linha de ferro. Depois, como de costume, pus-me em cima de um dos carris, tentando não cair, e imaginei que andava sobre uma corda de equilibrista e que era uma acrobata. O Andrew atravessava pelo meio da linha, dando pontapés nas pedrinhas brancas entre as tábuas.

Por vezes, viam-se cobras, verdes e amarelas às riscas, a dormir entre os carris. Uma das nossas vizinhas disse que, uma vez, viu aqui um lobo. Aproximou-se muito porque pensou que era um cão grande, cinzento e peludo. A minha mãe disse que o cão devia ter raiva.

Fomos ensinados a ter tanto medo dos animais selvagens inofensivos como de andar no gelo lamacento do rio na Primavera. Por isso o episódio do cão grande e peludo na linha do comboio era sempre uma história de arrepiar.

Naquele dia, no entanto, não havia nem lobos nem cobras. O Andrew e eu atravessámos a linha e seguimos pelo caminho estreito que serpenteava por entre um bosque de carvalhos silvestres com ervas daninhas, ao longo do rio.

Devo dizer agora que, ao princípio, não tínhamos a intenção de envenenar a nossa mãe.

A ideia surgiu quando estávamos deitados de barriga para baixo, no fim do pontão de madeira, a olhar para a água escura do rio Gatineau.

DOIS

Ainda não referi o facto de que, naquela manhã, o Andrew e eu tínhamos a cabeça cheia de ideias.

Dois dias antes, o Andrew tinha sofrido uma humilhação terrível.

Era de manhã e nós já estávamos atrasados para apanhar a carrinha da escola. Assim que saímos de casa, começou a chover — chuva grossa, vinda não sei de onde e que fez com que o nosso estreito caminho de cascalho se enchesse de uma papa branca e pegajosa em apenas cinco minutos.

— Calçar as botas! — Ordenou a minha mãe quando já estávamos a meio caminho. Tinha a voz abafada. Virámo-nos. Víamos apenas as suas costas espreitarem no armário debaixo das escadas. E depois começaram a voar botas de borracha para cima de nós.

Fui buscar as minhas. Eu até gostava delas. Eram vermelhas.

O Andrew pegou nas dele, cheirou-as e fez uma careta.

— Mãe! Não posso calçar *estas*!

— Despacha-te ou perdem o autocarro — responderam-lhe as costas.

— M-ã-e!

— Calça-as-botas! — Um rugido grave como o de um leopardo. Ou um estrondo como o de um vulcão. Como o de um vulcão que está prestes a entrar em erupção.

— Mas m-ã-e!

O vulcão explodiu..

A nossa mãe levantou-se e ergueu o seu metro e oitenta. Tinha os maxilares quadrados e os olhos flamejantes. O seu cabelo castanho-escuro estava repuxado da cara e apanhado num rabo-de-cavalo não muito apertado. É

16

possível que numa outra vida tenha conduzido o seu clã escocês numa batalha.

A-N-D-R-E-W-! CALÇA-AS-BOTAS!

— O Bogey fez chichi dentro delas, outra vez! — Gemeu o Andrew, segurando as botas como prova. — Cheiram mal! Eu odeio aquele gato!

Nós tínhamos sete cães e três gatos. O Bogey era um enorme gato cinzento castrado. Era mau e embirrava com toda a gente. Na maior parte do tempo, sentava-se no braço de um cadeirão e esperava, com os olhos semicerrados, até que alguém passasse perto dele. E depois disparava a sua pata peluda, como se fosse uma cobra, e prendia-se com as garras às costas de quem passava.

Além disso, também costumava fazer chichi nas botas do Andrew. Era como se as escolhesse intencionalmente. Ou, por outra, não fazia chichi nas botas de mais ninguém.

— Calça-*as mesmo assim*! — Ordenou-lhe a minha mãe. — Vais perder a carrinha!

Ele assim fez e nós arrastámo-nos ao longo do caminho de cascalho branco que ia dar à estrada principal. Ou melhor, eu arrastava-me, o Andrew como que chapinhava. Ignorei o cheiro a chichi de gato que girava em torno dos joelhos dele. Pareceu-me ser o gesto mais simpático que eu podia ter.

A paragem do autocarro era do outro lado da estrada principal. Outras quatro raparigas utilizavam a mesma paragem que nós, mas ainda nenhuma delas lá estava. A Sandra e a Tracy Wilkins viviam do lado da paragem do autocarro. Conseguia ver a casa delas lá no cimo, impecável e com portadas brancas. A Tracy já não vinha connosco na carrinha. Tinha acabado o liceu no Verão passado e foi para a universidade de Otava, que ficava a cerca de uma hora de distância.

A Amy e a Clare Linklater eram as outras duas. Eram as minhas preferidas e moravam numa casa cinzenta e esburacada, do mesmo lado da estrada em que nós morávamos.

Assim que o Andrew e eu atravessámos a estrada principal, elas apareceram, vindas dos bosques. A Amy e a Clare podiam vestir tudo o que quisessem para ir para a escola. A Amy trazia uma saia por cima do vestido e parecia uma rapariga cigana. A Clare vestia uma camisola e umas calças, mas tinha-lhes cortado as pontas em ziguezagues incertos com uma tesoura de podar ferrugenta.

Todos dissemos olá, mas nada mais; afinal, víamo-nos todos os dias. E apesar de sermos bons amigos, a nossa verdadeira amizade revelava-se nos bosques, no Verão, e não tinha nada a ver nem com a escola nem com as viagens diárias na carrinha. Principalmente na opinião do Andrew. Não queria que alguém pensasse que ele era um mariquinhas só porque andava por aí com um bando de raparigas.

Naquele momento, a Sandra e a Tracy Wilkins apareceram, a trotar na nossa direcção. Supus que a Tracy não tivesse aulas na universidade naquele dia e fosse com a Sandra fazer qualquer coisa. Já não via a Tracy Wilkins há algum tempo. Ela era pequena e elegante, com feições bem desenhadas. Tornara-se uma versão da sua mãe com cabelo escuro. A irmã dela, a Sandra, era baixinha e loira. Por alguma razão, a Sandra estava vestida da mesma forma que a irmã — corsários justos, axadrezados. Parecia um porquinho que se tinha sentado numa placa de fazer *waffles*. A Tracy, por outro lado, parecia saída da secção de jovens debutantes de um catálogo de roupa.

Como era costume, vestiam ambas blusas com pregas, espantosamente brancas. As peças de roupa branca da Sra. Wilkins eram sempre dez vezes mais brancas do que as das outras pessoas. A Sandra tinha as meias mais brancas de todas, as camisolas interiores mais brancas de todas e os lenços mais brancos de todos. Como as outras mães que eu conhecia não conseguiam ter as coisas assim tão brancas, estava certa de que a *brancura* da Sra. Wilkins estava relacionada com o facto de ela trabalhar para a igreja a toda a hora e acreditar tão piamente em Deus. Digamos que as outras mães não levavam a igreja tão a sério como ela, o que fazia com que nós vestíssemos meias às riscas e camisolas às cores e não usássemos lenços.

Uma vez fui arrastada para uma churrascada da paróquia, organizada pela Sra. Wilkins. E antes de podermos assar os nossos *marshmallows* no lume, tivemos todos de ouvir o seu pequeno sermão. Na opinião da Sra. Wilkins, os pecados eram tão sujos como aquelas nódoas teimosas que não saem com os branqueadores. Têm de ser esfregadas até que desapareçam por completo.

A minha mãe contou-me, uma vez, que a Sra. Wilkins até desinfectava as latas que comprava no supermercado antes de as arrumar nas prateleiras.

A pouca distância de nós, a Tracy parou e empurrou a Sandra para a frente.

— Adeus, miúda — disse ela, sacudindo os cabelos ruivos.

Era crescida de mais para dizer olá a qualquer um de nós, obviamente.

— Mas tinhas prometido que esperavas comigo! — Choramingou a Sandra. Fungou e limpou o nariz à sua reluzente manga branca.

— Não cumpro promessas a criancinhas! — Respondeu a Tracy com uma voz altiva.

— Mas prometeste à *mãe*! — Continuou. — Vou *dizer*!

Nesse momento, a Tracy torceu com força o pulso da irmã. — Fica com a boca bem fechada, sua peste — disse entredentes. Depois meneou-se estrada acima como se andasse de sapatos de salto alto em vez de ténis.

A Sandra arrastou-se para ao pé de nós, ainda a fungar. Ninguém disse nada. Já todos tínhamos assistido àquela cena mais vezes.

Naquele momento, a carrinha amarela parou com um chiar de travões e um cheiro a motor velho. Pusémo-nos em fila, para entrar.

O Andrew tinha estado um pouco afastado, a saltitar de um pé para outro e a ficar com um ar cada vez mais infeliz. Agora avançava com esforço para a fila, colocando-se atrás da Sandra.

— Ugh! — Exclamou a Sandra, tapando e torcendo o seu nariz achatado. — Que *cheiro* é este?

Umas semanas antes, a reitora da nossa escola, a Sra. Trimble, tinha introduzido uma nova regra de comportamento, a cumprir em todas as carrinhas da escola. Todos tinham de ter boas maneiras e de ser educados uns para os outros. Não haveria mais gritaria. Não haveria mais cabeças rachadas com lancheiras de alumínio. O Jimmy, um dos rufias da escola, do género daqueles que arrancam pernas a aranhas e fazem coisas piores a rãs, era o que tomava conta do nosso autocarro. A Sra. Trimble escolhera muito bem. O Jimmy era perfeito para o serviço.

Começámos a subir os degraus do autocarro. Primeiro a Clare, depois a Sandra e a seguir o Andrew, cuja estratégia para sobreviver à viagem até à escola, a tal ponto perigosa que mais parecia a terceira guerra mundial, era acotovelar toda a gente até chegar ao canto onde se sentava, não falar com ninguém, e ficar a olhar pela janela durante o caminho inteiro.

Nesse momento a Sandra parou para tirar a mochila das costas. Aí o chichi do gato dominou o Andrew. E ele quebrou a regra de ouro.

— Anda para a frente, estúpida! — Resmungou com toda a fúria que tinha presa na garganta.

Foi quanto bastou. O Jimmy entrou em acção, com a satisfação de uma marta que surpreende um coelho. Puxou o seu caderninho preto e lá gravou um nome.

A sentença do Andrew estava selada.

Durante o intervalo, foi levado à presença da Sra. Trimble. A sua estrela dourada de bom comportamento foi retirada do relatório, amachucada e deitada fora.

Foi, tal como já disse, uma humilhação terrível.

E foi também, tal como a minha mãe apontou e deixou bem claro, a única estrela dourada que o Andrew provavelmente receberia, uma vez que as aulas faziam efectivamente parte da vida real e, como já expliquei, para o Andrew os sonhos vinham primeiro. Era essa a razão que o fazia sentir-se magoado, prejudicado por uma injustiça, quando estava deitado no pontão, a observar a água escura do rio Gatineau.

A minha situação era completamente diferente. Estava confusa, e tudo por causa dos roupeiros.

Tinha recentemente desenvolvido um próspero negócio a vender os factos da vida por cinquenta escudos àqueles que eu achava que já se encontravam mais do que na altura de sabê-los. Não conseguia perceber por que é que as mães não eram explícitas com as filhas a respeito destes assuntos. Mas o que tentavam elas esconder afinal? Toda a gente devia saber estas coisas. É verdade que podem ser um pouco esquisitas, mas e depois? Desde que fiquem bem arrumadas, não há problema nenhum.

Infelizmente a mãe da Sandra Wilkins não concordava. Na sua opinião esses factos da vida eram outras nódoas difíceis. Não cabiam na sua casa. Na noite anterior, tinha telefonado à minha mãe a exigir que eu fosse amordaçada e que os cinquenta escudos da Sandra fossem devolvidos imediatamente. E eu sabia isto porque me tinha escondido no meu sítio do costume, na esquina ao cimo das escadas, e tinha ouvido tudo.

Não era o dinheiro que me preocupava. Tinha uma lista de clientes em franca expansão, resultado da divulgação do meu saber e da vontade de partilhá-lo.

O que me preocupava, naquele momento em que também eu observava as águas castanhas e sombrias, era a voz da minha mãe ao telefone.

— Roupeiros? — Perguntava ela. — Não estou a perceber.

Pois eu percebia muito bem.

A relação sexual — o acto de penetração do órgão masculino no corpo feminino — acontece dentro de roupeiros. É por essa razão que todos os quartos os têm. É para isso que os roupeiros lá estão.

Toda a gente sabe disso.

O riso ignorante da minha mãe ecoava nos meus ouvidos.

Começava agora a assustar-me a possibilidade de talvez nem sequer a minha mãe ter os factos dela bem esclarecidos. Na verdade, não tinha sido ela a ensinar-me a parte dos roupeiros, porque isso tive eu de descobrir por mim. E cheguei lá desta forma: sabia que era preciso haver um quarto. Mas não se podem fazer estas coisas esquisitas na *cama* — alguém pode ver. Então resta apenas uma solução que é saltar para dentro do roupeiro. Aí ninguém pode ver nada. O que faz com que, não havendo nenhum roupeiro por perto, não possa acontecer nada de nada.

E por que é que a minha mãe não me explicou isto? Se calhar, havia ainda outras coisas que ela também não quis dizer.

Para arruinar o meu negócio, de propósito.

— Meu Deus! — Gritou o Andrew, que aproveitava para blasfemar quando estávamos só os dois. — Olha para aquilo!

Apontou para a água escura.

Cheguei a cabeça para fora do pontão e observei atentamente.

— Onde? O que é?

— Ali! — Gritou o Andrew. — Deus do céu! É enorme!

Apontou novamente.

E desta vez eu vi-o. Era um peixe que flutuava calmamente junto ao fundo cheio de pedras. Distinguia-se perfeitamente o seu corpo pálido e ondulante na água suja.

— Vamos apanhá-lo! — Sussurrei. Nunca tínhamos apanhado um peixe. Para dizer a verdade, nunca tinha visto um tão perto.

— Não sejas estúpida! — Replicou o Andrew. — Não consegues apanhá-lo!

— Porquê?

— Está morto, estúpida! — Respondeu-me. — É por isso que não se mexe!

— Então, por que é que não está a boiar?

O Andrew revirou os olhos. — Como é que queres que eu saiba? Talvez tenha morrido, boiado, e se afundado depois outra vez.

— Ah! — Pensei durante uns momentos e perguntei:

— Então, como é que o apanhamos? — É que deixá-lo ali era uma questão que nem sequer se colocava.

O Andrew observou atentamente o corpo pálido e oscilante como se estivesse a testar mentalmente várias estratégias. — Já sei! — Exclamou por fim. — Eu seguro-te por um pé, tu mergulhas e quando abanares o pé eu puxo-te para cima.

Geralmente era assim. Eu fazia os trabalhos difíceis e nojentos e o Andrew tratava da componente teórica. Como já disse, ele ganhava-me sempre nos jogos de cartas. De qualquer forma, eu não me importava de fazer os trabalhos mais puxados. E, além do mais, só tinha uns calções e uma *T-shirt* vestidos.

Descalcei os ténis e desci para a água. O peixe era escorregadio e por isso nada fácil de agarrar. A verdade é que precisava das duas mãos. Finalmente dei o jeito certo e sacudi o pé.

O Andrew puxou-me e, no momento seguinte, uma truta enorme com um golpe num dos lados da cabeça aterrou na doca de madeira.

Observámos o nosso peixe. Nenhum de nós tinha visto um tão próximo. Tinha um lombo verde-escuro com traços mais claros. Espalhavam-se, ao longo de toda a barriga, manchas vermelhas e brancas.

Enfiei-lhe o dedo dentro da boca, que estava aberta. Os seus dentes pareciam a lâmina de uma serra de brincar. A excitação encheu o ar. Ambos sabíamos que esta era a Aventura do Dia do Peixe. Tínhamos de fazer alguma coisa especial para comemorar.

O Andrew mordeu o lábio, pensativamente.

— Não parece morto — concluiu. — Isto é, não está podre nem nada.

— Parece que acabámos de pescá-lo — disse eu devagar.

— Tirando o golpe na cabeça — acrescentou o Andrew.

Enquanto regressávamos a casa, preparámos a nossa história.

O Andrew tinha encontrado um pedaço de cordel e eu, por acaso, tinha um alfinete de dama. Espetámos-lhe uma minhoca e transformámo-lo num anzol com isco. Para todos os efeitos, tínhamos pescado uma truta.

Era a coisa mais fantástica que alguma vez nos acontecera.

E havia apenas uma pessoa que merecia ser presenteada com tal troféu.

A nossa mãe.

— Achas que vai envená-la? — Perguntou o Andrew, enquanto atravessava os carris da linha do comboio.

Olhei para o olho dourado e baço do peixe, que estava na minha *T-shirt,* e encolhi os ombros.

TRÊS

Caminhámos vagarosamente para os baloiços do prado. E depois começámos a correr.

— Mãe! Mãe! — Gritei eu, assim que passámos a porta das traseiras, direitos à cozinha. — Apanhámos um peixe! Apanhámos um peixe!

— Ó meu Deus! — Suspirou a minha mãe sem olhar para cima. Estava na bancada, debruçada sobre uma tarte de merengue e limão. Tinha o cabelo preso a fazer um apanhado na nuca. Alguns fios de cabelo estavam soltos, e pendiam dos dois lados da cara. — Espera só um minuto.

Observámos os golpes treinados da sua larga espátula, enquanto espalhava o merengue, formando ondas e curvas na cobertura da tarte. Terminava sempre fazendo um caracol branco no meio. — Mas como é que conseguiram fazer isso? — Atirou a espátula para o lava-loiças.

— Eu tinha um pedaço de cordel e a Nancy um alfinete de dama — esclareceu o Andrew, ofegante.

E mostrou-lhe o peixe.

Retirei da prateleira o livro *The Joy of Cooking*.[1]

— Tens de cozinhá-lo agora — insisti. — Está fresco!

Folheei as páginas do livro de receitas até encontrar a que procurava. — Primeiro passa-se por farinha e depois leva-se a fritar numa frigideira.

— Nunca mais apanhamos um destes — disse o Andrew, que tinha sempre um óptimo sentido de oportunidade. — Nunca mais vai voltar a acontecer.

A minha mãe riu-se. — Que eu saiba, nunca ninguém apanhou uma truta naquele riacho. — afirmou. — Extraordinário! Passa-me o livro de receitas.

---

[1] Em português *O Prazer de Cozinhar (NT)*

Olhou novamente para a truta que reluzia em cima da bancada. Algumas escamas tinham já saído e estavam agarradas ao mármore rosado e castanho da bancada. — O que é que lhe aconteceu à cabeça? — Baixou-se para tirar a frigideira da prateleira debaixo do lava-loiças.

— Resistiu tanto que o Andrew teve de lhe bater com uma pedra — respondi.

— Encontrei uma pedra perfeita para a função — acrescentou o Andrew, orgulhoso.

— Extraordinário! — Repetiu a minha mãe. Estava afogueada e movia-se apressadamente de um lado para o outro da cozinha. Estava a ser contagiada pelo nosso entusiasmo. Tirou um saco de farinha de uma das prateleiras e deitou alguma para um prato.

— Vai buscar-me um ovo.

— Depressa, Nancy! — Exclamou o Andrew — Vai buscar um ovo à mãe.

Acedi de imediato e percorri, entusiasmada, o trajecto até ao frigorífico. Não acontecia nada de tão excitante há muito tempo.

— Esperem até eu contar à Amy e à Clare — disse, exultante. — Nem vão acreditar! — Porque eu, de facto, *estava* a começar a acreditar. Tínhamos realmente apanhado o peixe com um bocado de cordel e um alfinete de dama.

Saltitava de um pé para o outro.

O Andrew manteve um sorriso enorme nos lábios, saboreando a glória. Também ele acreditava na nossa história. Era um pescador de verdade. Era *extraordinário*!

Entretanto, a minha mãe mexeu o ovo com um garfo e passou o peixe por ele. Depois enrolou-o na farinha que estava no prato.

Nós observámos em silêncio quando ela levantou aquele corpo flácido e enfarinhado e deixou a truta cair na frigideira.

Ficámos a ver o óleo a saltar e a pele do peixe inchar e escurecer. Vimos a cauda enrolar-se e o corpo contorcer-se na frigideira.

A cozinha cheirava a peixe frito e a qualquer outra coisa que não conseguíamos identificar.

Eu olhei para o Andrew.

O Andrew olhou para mim.

Adeus cordel e alfinete de dama. A verdade invadiu a cozinha tal como o cheiro estranho que saía da frigideira. Tínhamos encontrado um peixe morto. Provavelmente estava podre e agora íamos dá-lo a comer à nossa mãe.

— Achas que ela vai ficar doente? — Sussurrei. A palavra *gangrena* ecoava à volta da minha cabeça como se fosse um gemido numa masmorra.

— Não faço ideia — segredou o Andrew.

A minha mãe olhou para nós. Devia achar que estávamos desiludidos e tristes.

— Se calhar devíamos tê-lo estripado — disse ela, com um tom culpado.

De seguida, pôs a truta num prato e cortou um bocadinho.

O Andrew e eu esperávamos ansiosos, com uma mistura de horror e de excitação, enquanto ela encaminhava o garfo para a boca.

O que devíamos fazer? Se o comesse, ficaria doente. Poderia até morrer.

Se lhe disséssemos, estava tudo estragado.

A mãe abriu a boca.

Fechou-a e torceu o nariz. — É curioso — disse. — Tem um cheiro doce. A truta não costuma ter um cheiro assim.

O Andrew e eu olhámos novamente um para o outro.

— Ó meu Deus! — Exclamou, pondo rapidamente o peixe de novo no prato. — Ó meu Deus! Vejam o que eu fui fazer! — Pôs a mão em frente à boca e começou a rir.

— O que foi? — Perguntei. — O que é que fizeste?

— Açúcar em pó — explicou, sem parar de rir. — Com toda a excitação, passei o peixe por açúcar em pó.

Os nossos olhos seguiram os dela em direcção ao pacote que estava em cima da bancada. Ela tinha razão.

— Deixem lá — disse, sem perder o entusiasmo. — Damo-lo aos gatos. Para eles será um verdadeiro manjar.

— Damo-lo ao Bogey — sugeriu o Andrew, lembrando-se das suas botas ensopadas e mudando de alvo com uma rapidez impressionante.

O Bogey estava sentado no braço do seu cadeirão preferido, com as garras metidas para dentro da sua pata felpuda, posicionado para atacar a próxima pessoa que passasse.

O Andrew arrancou o Bogey do cadeirão e levou-o para a cozinha. A nossa mãe pôs a truta no chão. O gato nem se deu ao trabalho de a cheirar. Uma vista de olhos foi o suficiente. Virou-se com repugnância e afastou-se apressadamente da cozinha.

— Prova, Binker — insistiu a minha mãe, tentando salvar a situação.

A Binker era a irmã do Bogey. Era cinzenta e tinha uma mancha branca no focinho. Era a minha menina. Costumava vesti-la com a roupa das bonecas e deitá-la num berço de brincar. *Bem aconchegada.*

Mesmo assim, conseguia sempre escapar.

Encontrei-a. Estava a dormir numa réstia de sol, nas traseiras.

A reacção da Binker foi diferente. Cheirou a truta duas vezes, olhou para nós com um ar muito baralhado e voltou para o sítio de onde tinha vindo.

A truta foi deitada no lixo, sem qualquer cerimónia.

— Não fiquem tristes — disse a minha mãe carinhosamente — Há tarte de limão e merengue para o jantar.

Mais tarde, o meu pai voltou do trabalho e nós contámos-lhe a história da nossa pescaria, vezes sem conta. Ou melhor, o Andrew contou-lhe. Parecia que se tinha apoderado da nossa aventura e que, de repente, a transformara em conversa de homens. E eu fui deixada de fora.

28

Esta não era, de maneira nenhuma, a ideia inicial. Estava combinado que era a nossa aventura do Dia do Peixe e, além do mais, tinha sido eu a retirar a truta do rio.

Lancei um olhar furioso à face rosada do Andrew, mas não disse uma palavra. Depois lembrei-me da tarte de limão no frigorífico. Para acalmar o meu orgulho ferido, esgueirei-me para a cozinha e roubei o caracol de merengue do meio da tarte.

Depois de jantar, o Andrew e eu vimos o Fred e o Barney a atirar pedregulhos um ao outro nos *Flintstones*.

Pela primeira vez, a minha mãe não se importou com o furto do caracol de merengue da sua tarte. Mas o Andrew sim. E beliscou-me quando reparou que ninguém estava a ver. A nossa relação estava a arrefecer rapidamente.

Naquela noite, assim que me deitei, ouvi a voz da minha mãe ao telefone.

— Foi extraordinário. Conseguiram apanhá-lo com um bocado de cordel e um...

Ouviu-se um grito.

O Andrew e eu saímos a correr dos nossos quartos. A meio das escadas o auscultador baloiçava, preso pelo fio, e batia contra a parede.

A minha mãe estava agachada no canto das escadas e olhava para cima. Nesse instante, um morcego saiu rapidamente do seu poleiro junto ao tecto e, rasando-nos, voou pelas escadas acima.

— Morcegos! — Gritei eu.

— Não sejas palerma — disse o Andrew. — Os morcegos não te fazem mal. — Afagou os meus volumosos caracóis e sorriu. — Apenas ficam presos nos teus cabelos.

Gritei outra vez.

— Andrew! Pára com isso! — Ordenou a minha mãe.

— Vão para os quartos, vocês os dois, e fechem as portas.

— Por esta altura, apareceu o meu pai com uma raquete de ténis numa mão e um pano da loiça na outra.

— Não é preciso ter medo — disse-nos calmamente. — É apenas um morcego. Fechem as portas. Apanhamo-lo e pomo-lo lá fora.

— E se ele estiver no *meu* quarto? — Berrei.

— Puxa os lençóis e tapa-te até à cabeça — respondeu a minha mãe.

Subimos as escadas à pressa. Assim que cheguei à porta do meu quarto, o Andrew aproximou-se de mim e disse:

— Sabes o que é que os morcegos fazem?

— N-n-ão.

— Os morcegos vão dançar nos teus lençóis, Nancy — disse ele, sarcasticamente e com uma voz cantada.

Fitei-o com um olhar lancinante. Depois bati com a porta, meti-me na cama, puxei o lençol até à cabeça e fiquei a tremer no escuro.

Não se ouvia nada para além da minha respiração ofegante.

Foi então que ouvi.

A arranhar. A arranhar. A arranhar.

Baixei o lençol um milímetro. Com a luz da Lua conseguia distinguir as formas dos móveis no meu quarto. Um roupeiro, uma cómoda pequena, uma cadeira e a minha casinha de bonecas.

A arranhar. A arranhar. A arranhar.

Desta vez foi mais alto.

Baixei o lençol um bocadinho mais, ao mesmo tempo que punha a almofada em cima da cara, por precaução. Depois escutei com o máximo de atenção.

A arranhar. A arranhar. A arranhar.

A raspar. A raspar. Baque.

Fiquei com o coração na garganta. Pensei que ia sufocar.

O morcego estava preso dentro da casa das bonecas, a meio metro da minha cama.

Quem poderia salvar-me de um destino pior do que a própria morte?

Abri a boca e gritei o mais alto que pude. Na minha cabeça, era o grito aterrado da rapariga do vestido de noite branco no momento em que o Drácula lhe aparece aos pés da cama. Na verdade, foi um guincho rouco que conseguiu passar através do buraco da fechadura.

Milagrosamente, a porta abriu-se e a minha mãe entrou.

— O que foi?

— Mãe! — Exclamei com a voz mais grave que consegui produzir. — Felizmente estás viva!

QUATRO

O dia seguinte era um Sábado. O Andrew e o meu pai tinham ido assistir a um jogo de *baseball* em Otava. A minha mãe andava a fazer mudanças. Estava sempre a fazer mudanças. Desta vez estava a mudar os móveis do quarto deles. Estava a pô-los de volta no sítio onde estavam a semana passada.

Estava a fazê-lo pelo meu pai, para dizer a verdade. Quando ele queria ir à casa de banho a meio da noite e a cama estava numa nova posição, nunca sabia que direcção tomar. Por vezes ia contra as paredes. Outras vezes esbarrava contra as portas de vidro.

Na noite passada, depois de toda a excitação por causa do morcego e da nossa extraordinária pescaria, a minha mãe acordara com o barulho dos cabides a bater uns nos outros e de alguém a mover-se dentro do roupeiro da entrada. — Elizabeth — murmurou uma voz desarticulada — não quero alarmar-te, mas em que raio de sítio é que estou?

— Adeus, mãe — gritei da cozinha. — Vou a casa da Amy e da Clare. Vou guiá-las numa expedição.

A minha mãe apareceu na entrada. Tinha um olhar distante e um candeeiro numa mão. Continuava a reposicionar os móveis, mentalmente. — Para onde?

— Ah, o costume, a um desses sítios selvagens, infestados de cobras. — Parei e recuperei o fôlego. — Ah, e obrigada por me teres salvado na noite passada.

— De nada. — E riu-se. Fazer mudanças sempre a deixou feliz.

Abri a porta do mosquiteiro e corri para a casa das Linklaters.

Adorava ir a casa da Amy e da Clare. A Sra. Linklater parecia não se importar com a barafunda que fazíamos. Às vezes, quando voltávamos dos bosques, tirávamos a roupa enlameada e saltávamos para a enorme banheira antiga que elas tinham. A Sra. Linklater deixava-nos enchê-la até cima com água quente. Depois escorregávamos para cima e para baixo e fazíamos ondas que passavam por cima do rebordo da banheira e alagavam o chão.

A casa das Linklaters tinha uma grande sala de estar que servia para tudo e de onde nada era tirado. Jornais e revistas empilhavam-se debaixo das cadeiras. Os sofás estavam velhos e coçados e a cor das cortinas tinha ficado esbatida pelo sol.

A Sra. Linklater era uma costureira experiente. Trabalhava num dos cantos da sala, que parecia estar decorado com tecidos. Bocados e retalhos de pano pendiam das costas das cadeiras. As amostras estavam penduradas nas paredes.

Havia apenas uma regra nesta casa. Ninguém estava autorizado a mexer na máquina da costura.

Não existia nenhum Sr. Linklater, mas tinha existido um dia, porque a Sra. Linklater usava uma grossa aliança de ouro.

A Amy e a Clare não falavam do pai muitas vezes. Penso que nunca o conheceram. Contaram-me que tinha sido um brilhante jovem actor e que se preparava para ir para Hollywood quando a II Grande Guerra deflagrou. Depois, por alguma razão, decidiu não ir para Hollywood e, em vez disso, tornou-se vendedor. Morreu num acidente de carro perto de Sudbury. Perguntei-lhes uma vez como era não ter um pai. Não conseguia imaginar sequer a minha vida sem o meu pai. Mas assim que abri a boca desejei tê-la mantido fechada. A Amy e a Clare tinham, geralmente, resposta para tudo. Dessa vez, limitaram-se a desviar o olhar.

A casa delas era alugada, o que significava que eram mais pobres do que a maioria das famílias que eu conhecia. O homem que lá morara antes tinha deixado um carro avariado, estacionado no meio dos arbustos do quintal, um

Studebaker. O Studebaker era um dos meus carros favoritos. Adorava o nome e adorava as linhas do carro. Era enorme e verde, cheio de cromados, e tinha uma capota comprida e arredondada. Os estofos eram de pele creme e tinha dois bancos grandes à frente e outros dois atrás.

Se a Amy e a Clare não estavam em casa era porque estavam no banco de trás do Studebaker, a brincar com os seus chapéus e a inventar histórias.

A Clare tinha um chapéu de palha amachucado, com um grande laço preto atrás. O da Amy era feito de *chiffon* cor-de-rosa debotado e tinha um véu velho e amarrotado. A moda dos chapéus surgira depois de uma visita real a Otava. Todos os jornais mostraram fotografias da Rainha sentada no banco de trás de um extravagante carro antigo. E ela tinha um chapéu na cabeça, claro.

Por isso a Amy e a Clare decidiram que, já que tinham um carro antigo e extravagante, também usariam chapéus.

Primeiro procurei-as dentro do Studebaker.

Nada de chapéus.

Dei uma volta à casa. Não havia qualquer barulho, exceptuando o murmúrio da máquina de costura. Espreitei pela janela. A Sra. Linklater estava debruçada sobre uma porção de tecido que lhe caía em pregas sobre o colo e daí deslizava para o chão. Era azul-turquesa e tinha linhas escarlates e douradas que desenhavam quadrados. Era o tecido mais bonito que eu já alguma vez vira.

Olhei para a cara da Sra. Linklater. Os seus olhos pareciam distantes e sonhadores. Por um momento, alguma coisa me pareceu estranha, mas não sabia o quê. Depois percebi. Era como se ela estivesse a sorrir para um bebé.

Sentindo-se observada, levantou a cabeça e olhou para mim.

— Olá, Nancy — disse com a sua voz calma. — Não sei onde estão as meninas.

— Não se preocupe, Sra. Linklater — respondi. — Eu encontro-as.

Ela sorriu. Os seus olhos cinzento-azulados quase desapareceram na trama das linhas. Quando olhava para a Sra. Linklater via-a sempre como se fosse uma pessoa envelhecida, mais do que como uma pessoa crescida. O seu primeiro nome era Freya. Era um nome que eu nunca tinha ouvido antes. Explicou-me que era o nome de uma deusa de um mito viquingue.

Não conseguia tirar os olhos daquele tecido azul-turquesa. — É lindo esse tecido que está a costurar, Sra. Linklater.

— São umas cortinas para o Sr. Chevrolet — explicou-me, passando a mão pelo pano. — O tecido veio de Londres.

— Deve ter sido muito caro — deixei escapar. Depois corei, porque sabia que não era bem isso que eu devia ter dito.

— Tenho a certeza de que não foi barato — disse-me, sorrindo. — Posso guardar uns retalhos para os teus desenhos, se quiseres.

A Sra. Linklater conhecia os meus desenhos porque eu tinha oferecido um à Amy, pelo Natal. Um dos meus melhores. Era uma bruxa vestida de vermelho e com olhos feitos de botões de madrepérola. Estava a dançar nas montanhas com umas pernas pretas feitas de limpadores de cachimbo.

Voltei a admirar o pano turquesa. Era perfeito para fazer o mar. Agradeci e atravessei a correr o pátio coberto de ervas que havia em frente à casa.

Restava apenas um lugar onde a Amy e a Clare podiam estar. Avançando pelo bosque adentro, havia uma clareira com um carvalho no meio. A cerca de dois metros acima do chão havia um ramo perfeito para pendurar um pneu e fazer um baloiço.

E lá estavam elas, a navegar através do ar, agarradas ao pneu, a guinchar e a chiar como se fossem macacos.

Transformei-me momentaneamente em macaco e guinchei para lhes chamar a atenção. A Amy bateu no peito e rugiu para me responder.

O pneu foi deixando de baloiçar até parar. A Amy saltou para o chão. Tinha uma cara afilada e um bonito cabelo cor de laranja. Os seus olhos eram de um azul muito pálido. Quase não tinham cor.

Aproximou-se de mim, com o corpo arqueado, dando passos largos e desajeitados e enrolou os braços à volta do meu pescoço como se fosse um orangotango.

— Sou um macaco — sussurrou-me ao ouvido.

— E eu sou uma daquelas coisas que andam de cabeça para baixo — disse a Clare.

— Uma preguiça, queres tu dizer? — Perguntou a Amy.

— Sim, isso — respondeu, pendurando-se no pneu como uma preguiça.

— Queres brincar à selva? — Bradou a Amy por debaixo do meu braço.

Deixei de ser macaco, voltei a ser uma pessoa e olhei para as duas.

— Não — disse eu, com determinação. — Tenho uma expedição para conduzir.

Esperei até ser o centro das atenções.

— Uma expedição a uma zona selvagem e perigosa. — Fiz outra pausa. — Uma zona selvagem e perigosa, *infestada de cobras.*

Elas olharam uma para a outra. A Clare desceu do pneu. A Amy deu um passo em frente e aceitou o desafio.

— Nós vamos — afirmaram.

Encaminhámo-nos para casa delas.

— Por onde é que se vai?

— Atravessamos o Yangtze e vamos ver se as framboesas têm crescido — expliquei-lhes. — Depois, no caso de estarem boas, passamos pela casa do Sr. Chevrolet e bebemos uma limonada.

— O Yangtze! — Exclamou a Amy, entusiasmada. — Boa ideia! Vamos ao Yangtze!

Yangtze foi o nome que dei a uma velha vedação de arame, que estava toda dobrada e rangia imenso. Era também o nome do rio maior e mais bravo da China e a China era um dos sítios mais estranhos e exóticos de que eu conseguia lembrar-me.

Atravessar o Yangtze era a melhor parte da viagem até chegarmos ao sítio onde crescem as framboesas silvestres, perto do antigo túnel por onde passava a linha do comboio. Equilibrávamo-nos em cima da vedação e baloiçávamos para cima e para baixo, durante o tempo que queríamos. Era uma vedação tão elástica que se tornava um baloiço fantástico. Mas o melhor de tudo era o som que fazia ao ranger. Esse som que nos enchia os ouvidos e que se espalhava à nossa volta, pelos bosques silenciosos e cheios de sol.

Yang. Yang. Yang.

Podíamos imaginar que estávamos em qualquer sítio. Podíamos imaginar que estávamos a atravessar o Yangtze na China longínqua.

A Amy e a Clare foram a correr a casa e voltaram com um pacote de bolachas de aveia.

Comêmo-las enquanto caminhávamos.

— No outro dia vi a Tracy Wilkins — disse a Clare.

— E então? — Inquiri.

Devorámos os biscoitos.

A Clare parecia uma corujinha. Tinha olhos cor de mel e a pele morena.

— Estava a lutar com o Lawrence Murdoch no bosque — disse ela. Piscou os olhos. — E estava a chiar como um leitão encurralado.

— Não sejas parva, Clare — disse-lhe a irmã. — Eles estavam aos beijos e não à luta.

— Hum… — Duvidou a Clare, sem se dar por vencida.

— A mim não me pareciam beijos. E aposto que a mãe dela não sabe de nada.

Lembrei-me da voz metálica e aguda da Sra. Wilkins a tinir ao telefone, quando ligou para a minha mãe. Se as coisas da vida não eram permitidas em sua casa, então grandes beijos na garagem não podiam mesmo ser.

Todas estas coisas eram mais nódoas difíceis que tinham de ser bem esfregadas para que tudo pudesse ficar novamente limpo e imaculado.

Eu não gostava da Sra. Wilkins. Fazia constantemente um sorriso artificialmente doce, mas os seus olhos eram severos e duros como o aço. Agia sempre como se estivesse a ser observada por uma pessoa importante. Um dia, fui a casa dela e vi-a a passar a ferro de sapatos altos e com os lábios pintados.

Quando a minha mãe passa a ferro, veste umas calças de bombazina e uma camisa velha, aos quadrados, que era do meu pai. E se for ao fim da tarde, tem um copo de uísque na ponta da tábua.

A Sandra disse-me uma vez que o pai dela tinha uma profissão mais importante do que a do meu pai. O que era muito fácil de dizer sem causar discussão porque eu não fazia a menor ideia de qual era a profissão do meu pai. Só sabia que trabalhava para o governo e que não falava muito sobre o assunto.

Quanto contei à minha mãe, ela riu-se e disse-me que o Rick Wilkins trabalhava no sistema dos canos de esgoto. Não sabia se era muito importante ou não trabalhar nos esgotos, mas fiquei com a impressão de que não seria tão importante como a Sandra pensava.

Conhecia a família Wilkins porque moravam perto de nós e eu brincava com a Sandra de vez em quando. Mas a Sandra não estava autorizada a brincar com a Amy e com a Clare. Quando lhe perguntei porquê, ela fez uma careta como se cheirasse mal.

— A minha mãe diz que elas não tomam banho. E que a casa delas é uma pocilga.

— A casa não é *suja* — respondi muito zangada. — É um bocadinho desarrumada, só isso.

— Vai dar ao mesmo, diz a minha mãe. E diz também que a aliança da Sra. Linklater não é de ouro.

Desta vez não fiquei zangada, fiquei muito indignada.

— O quê?

Então a Sandra contou-me o que tinha ouvido os pais dizerem sobre a família das Linklaters.

— Por amor de Deus, Estelle — disse o pai dela. — Ela tem aliança, não tem? — Mas a mãe encolheu os ombros e acrescentou: — Aposto que é falsa — e continuou a engomar.

Demorei alguns minutos a perceber.

— Queres dizer que a tua mãe acha que a mãe da Amy e da Clare nunca casou? — Perguntei.

Era inacreditável. Toda a gente sabia como é que o Sr. Linklater tinha morrido.

Mas a Sandra já estava a aborrecer-me. — Isso a mim não me interessa nada. — Virou a sua cara de boneca e torceu o nariz achatado. — É verdade que a Amy e a Clare são esquisitas.

Acho que não gostava muito da Sandra. Mas ela tinha uma coisa que eu achava irresistível. Quando a mãe dela não estava por perto, pintava os lábios com *bâtons* com nomes como *Delícia de Beijo* ou *Rosa Gelada* e punha sombra azul nas pálpebras brancas dos seus olhos de boneca.

O que se passava com a Sandra é que ela dava sempre a impressão de que era nossa amiga até ao momento em que chegava outra pessoa.

De qualquer forma, tinha razão quanto à Amy e à Clare, elas tinham um ar estranho.

Mas, para mim, eram estranhas e belas. Eram como ninfas dos rios ou fadas das árvores, a deambular pelos bosques ou a viver nos seus mundos de faz-de-conta. Se tivessem asas escondidas por debaixo das camisas amachucadas, ninguém se espantaria.

Virei-me para a carinha de coruja da Clare e perguntei-lhe:

— A Tracy viu-te?

A Clare abanou negativamente a cabeça. — Estava escondida dentro de um tronco oco.

Nem me dei ao trabalho de perguntar o que é que ela lá estava a fazer. A Clare passava a maior parte do tempo em cima das árvores ou dentro delas.

Continuámos a caminhada em silêncio. Estávamos todas a pensar no mesmo.

— A Sra. Wilkins ficava louca se descobrisse — comentou a Amy, por fim.

— Vou perguntar à Sandra — disse eu. — De certeza que ela sabe o que é que a Tracy anda a fazer.

— Pois eu aposto que ela não sabe de nada — disse a Clare, a piscar os seus olhos cor de mel. — Aposto que, para além de nós, ninguém sabe.

CINCO

— Como é que queres que eu saiba? — Respondeu-me a Sandra quando lhe perguntei se a Tracy namorava com o Lawrence Murdoch. — Ela nunca me conta nada.

Uma expressão maliciosa atravessou-lhe o olhar. — Mas talvez agora tenha de contar. — Apertou-me o braço com a mão rechonchuda. — Obrigada, Nancy.

A minha cara aqueceu. Não tinha planeado nada disto.

— Promete-me que não dizes nada — pedi-lhe apressadamente.

A Sandra fez um sorriso irónico. — Talvez diga e talvez não.

— Se queres saber, também não me interessa — afirmei para tentar disfarçar o meu descuido.

— Pois… — Disse ela.

Apontou para um caderninho que estava poisado entre nós. — Deixando agora esse assunto, nós estávamos a falar sobre isto.

A Sandra e eu estávamos sentadas na cama dela a olhar para um diagrama preto e branco de uma coisa que parecia uma metade de um sapo.

Espalmado.

Tinha saído de um caderno que a Sandra encontrara no quarto da Tracy. Na capa, tinha uma figura de duas raparigas com vestidos às flores, sentadas numa cama tal como nós estávamos. Ambas tinham os dentes impecavelmente brancos, lábios rosados e cabelo encaracolado. Uma era loira. A outra morena. Tinham as duas uma *bandelette* e sorriam.

O caderno tinha escrito *SEGREDOS ESPECIAIS*.

Até aqui, tudo bem.

O problema surgira com o sapo espalmado. Ao longo do desenho estava escrita a palavra *útero*. Ao lado das pernas dizia *trompas de Falópio*.

Havia outras palavras e outras figuras, mas a Sandra não se deixava enganar. — Quanto a ti não sei — disse-me com presunção —, mas eu cá não tenho isto dentro de mim.

A Sandra tinha tido tantos problemas por me ter dado cinquenta escudos em troca da minha versão das coisas da vida, que agora estava determinada a provar-me que eu não sabia nada.

E como detalhes médicos e nomes esquisitos não faziam parte do meu repertório, estava a tornar-se difícil defender os meus argumentos.

Fiz um ar compreensivo. — Eu sei que pode parecer estranho, mas toda a gente tem uma coisas destas cá dentro. — Queria fazê-la rir. — Mas, também, que mal é que faz? Não se vê nem nada.

— É nojento — afirmou a Sandra com firmeza.

— É simplesmente normal — acrescentei, usando a minha mais convincente voz de médico.

— Oh! — Troçou ela — Sabes lá tu o que é normal.

— O que é que queres dizer? — Sentia que ela tinha alguma na manga.

— Nunca disseste nada em relação à roupa deles — declarou a Sandra, triunfante.

Passou a página. Agora víamos uma jovem mãe com um bebé ao colo. O bebé tinha vestido um casaquinho de malha, um gorro de renda, uma saia de pregas e umas botinhas.

— Que roupa? — Perguntei-lhe. — Estás a falar de quê?

— Não sabes, pois não?! — Disse-me em tom de provocação.

Apesar de todos os esforços, não consegui deixar de corar.

— Ah! — Exultou. — Tal como eu pensava. — Olhou para mim com os seus olhos de boneca rechonchuda. — Todos os bebés nascem vestidos.

— Como?

— Para não ser preciso sair para ir comprar a roupa — explicou-me, como se estivesse a falar com uma palerma.

— Isso é absurdo! — Disse eu de imediato. — Até porque a roupa ficaria molhada.

— E porquê? — Inquiriu a Sandra. — Seria novinha em folha, estúpida.

— Como é que sabes? — Ripostei muito rapidamente. Estava a tentar trocar-lhe as voltas.

A Sandra tinha esperado pelo último minuto para desferir o golpe final. — Disse-me a minha mãe. — Dito isto, levantou-se como se o assunto estivesse encerrado. — Anda, vamos ver televisão.

— Sandra, querida — chamou uma voz que era uma espécie de uma campainha de amolador acompanhada pelo retinir de lâminas —, és tu aí em cima?

A Sandra olhou para mim, apavorada. O caderno estava aberto, em cima da cama, entre nós duas. — O que é que eu faço?

— Esconde-o!

Com a cara muito vermelha, a Sandra conseguiu enfiar o caderno por debaixo da almofada no preciso momento em que a porta se abriu e a mãe dela entrou no quarto.

Olhou primeiro para mim, depois para a cara corada da Sandra, e o sorriso que trazia nos seus lábios perfeitos e rosados gelou.

— Olá, Nancy, minha querida — disse-me. — Não esperava ver-te por cá.

Depois apontou o seu olhar severo para a Sandra.

— Quero que ponhas a mesa, querida.

— Tenho mesmo de ser eu? — Lamuriou-se a Sandra.

— Por que é que não pode ser a Tracy a pôr a mesa?

— Não sei onde está a tua irmã. — Respondeu-lhe a mãe com a sua voz ríspida. Depois virou-se para mim e sorriu. — Mas é claro que ela sabe que tem de chegar antes do jantar.

Apercebi-me de que esta era a minha deixa.

A Sandra não tinha percebido.

— A Nancy pode passar cá a noite? — Perguntou. — Nós íamos ver televisão e depois íamos escolher uma roupa no catálogo novo. Eu queria...

— Não — interrompeu-a, de imediato, a Sra. Wilkins. Depois fez uma pausa e acrescentou: — Quer dizer, esta noite não, minha querida. A Nancy tem de ir jantar a casa dela.

— Mas porquê?

Cheguei-me para a porta. Já sabia que a mãe da Sandra não gostava de mim, mas só naquele momento é que pude avaliar quanto.

Só queria sair daquele quarto o mais depressa possível.

— Ah, porque tenho mesmo de ir — murmurei.

— E amanhã? — Insistiu a Sandra.

— Amanhã nós vamos às compras — apressou-se a dizer a Sra. Wilkins. — Vou levar-vos, a ti e à Tracy, a comprar sandálias.

A expressão da Sandra animou-se. Esqueceu-se imediatamente de mim. — E o que mais? — Inquiriu, eufórica. — A Tracy comprou mais coisas do que eu da última vez que...

— Obrigada por me ter recebido, Sra. Wilkins — disse, para me despedir. — Adeus, Sandra.

— Eu quero uma daquelas blusas com botões de madrepérola — gritou a Sandra. — E um conjunto completo da *Glamour Girl*.

— Depois logo se vê — replicou a Sra. Wilkins.

— O que quer dizer com «depois logo se vê»? — Choramingou a Sandra.

— Quero dizer — esclareceu a mãe — que depois logo se vê.

Fechei a porta e atravessei a entrada, em direcção à cozinha.

Na cozinha havia uma mesa redonda com uma toalha de plástico às flores. Quatro individuais de ráfia roxos com franjas nas pontas e uma flor no meio estavam dispostos de modo a formarem intervalos geometricamente exactos. Havia uma faca, um garfo, uma colher e um guardanapo dobrado, branco e cor-de-rosa aos quadrados, em cada lugar.

E queria a Sra. Wilkins que a Sandra pusesse a mesa...

Na entrada ouvia-se a voz da Sra. Wilkins, grave e irada.

— Em que estavas tu a pensar quando convidaste a Nancy para...

De súbito, calou-se. — O que é isto? — Berrou a Sra. Wilkins. — O que é isto, Sandra Wilkins? — Ouviu-se o barulho de um caderno a bater numa cabeça.

A Sandra começou a gritar. — Foi a Nancy....

Fechei a porta do mosquiteiro o mais silenciosamente possível. Por que é que eu não dei ouvidos ao que a minha mãe me disse tantas e tantas vezes? A Sandra Wilkins era uma miúda desonesta e mentirosa. E por mais esperta que eu me julgasse, ela arranjava sempre maneira de me meter em sarilhos.

A minha barriga deu uma volta. E eu que tinha sido parva ao ponto de lhe contar o que sabia sobre a Tracy e o Lawrence Murdoch.

Passei pelo veado de plástico que a família Wilkins tinha no relvado da frente, e que passava os dias a observar, ao fundo, a estrada principal.

O veado e eu vimos o carro ao mesmo tempo.

Era um Ford azul, antigo, e eu sabia que pertencia aos Murdochs, que eram amigos dos meus pais e donos de uma bomba de gasolina que ficava a alguns quilómetros de distância.

O carro parou num local impossível de avistar para quem estivesse dentro de casa. Mas do sítio onde eu estava dava para ver que era o Lawrence Murdoch que estava ao volante e que a Tracy Wilkins ia sentada ao lado dele.

O Lawrence tinha dezassete anos e era o único filho dos Murdochs. Tinha maxilares salientes, olhos escuros e era bastante alto para a idade. Vi-o inclinar-se para abrir a porta da Tracy.

Depois a minha mão voou-me para a boca antes que pudesse evitá-lo. Começaram a beijar-se de uma forma que eu nunca tinha visto sequer na televisão. Dobravam-se e enrolavam-se no banco da frente.

Pouco depois a Tracy saltou do carro com um cesto na mão. Mandou um beijo ao Lawrence e encaminhou-se para casa.

Não sei bem que expressão eu esperava ver estampada na cara dela.

Talvez esperasse que ela estivesse nas nuvens, com ar de apaixonada, confusa até, ou então angustiada como as adolescentes das revistas que eu tinha estado a ver no supermercado. *Será que ele vai continuar a gostar de mim se o deixar beijar-me? Regras Que Nunca Se Devem Quebrar.*

Não havia, porém, qualquer destes sinais na cara da Tracy. Muito pelo contrário, parecia bastante satisfeita consigo mesma.

Assim que se abriu a porta da frente, escondi-me atrás de uns arbustos.

— Onde é que andaste? — Interrogou a Sra. Wilkins. Tinha uma cara severa e má. A máscara do sorriso gentil tinha desaparecido. — Já devias ter chegado há horas.

A Tracy mostrou o cesto. — Estive a apanhar mirtilos — respondeu ela com uma voz tão ríspida como a da mãe. — Para o seu piquenique da igreja, lembra-se?

— Tu não me falas assim, minha menina. — Repreendeu-a a Sra. Wilkins. E tornou a entrar em casa.

— Hoje era o teu dia de pôr a mesa — guinchou a Sandra à porta de casa. — A mãe está furiosa contigo.

— Cala-te, fedelha — ordenou a Tracy assim que entrou no átrio.

— Tracy! — Gritou a Sra. Wilkins. — Não te atrevas a falar dessa forma em minha casa.

E foi então que algo de extraordinário aconteceu. A Tracy virou o cesto com os mirtilos e despejou-os para a relva.

Fiquei boquiaberta porque, tão nitidamente como via os mirtilos a rolarem pelo relvado perfeitamente aparado, via que a Tracy odiava a mãe.

A minha barriga deu outra volta. De ódio eu não percebia nada. Mas aquele olhar severo e gelado fascinou-me e horrorizou-me.

Nesse momento a Sra. Wilkins abriu bruscamente a porta. Baixei-me e corri o mais depressa que pude em direcção à estrada principal.

SEIS

Ao fundo da minha rua, encostei-me a uma árvore para recuperar o fôlego. À minha frente, a nossa casa de madeira era uma cara amigável ao pôr do Sol.

O meu pai aparava a relva. O Andrew jogava à bola. A minha mãe escovava a Sandy, a nossa *collie* de pêlo comprido.

O meu coração abrandou o ritmo. O que estava a passar-se em casa dos Wilkins não era para ali chamado.

A bola passou rente à minha orelha.

— Queres aprender a jogar? — Desafiou-me o Andrew.

— És sempre tu a apanhar a bola — respondi.

— Ah, vá lá, Nancy — insistiu o meu irmão. — Ainda falta imenso tempo para o jantar. — Apanhou a bola e lançou-a ao ar. — Só tens de contar: seis, oito, sete, quatro, apanhar a bola e atirar-ma de volta.

Dobrou-se, colocou a bola entre as pernas, contou seis, oito, sete, quatro e passou-ma.

É claro que não a apanhei.

— Estás a ver? Como é que queres que seja eu a lançar-te a bola se tu nem sequer a apanhas na jogada mais simples?

Olhei fixamente para a cara comprida e astuta do meu irmão e tirei a família Wilkins da cabeça.

— Como é que queres que eu aprenda se nunca tentar? — Perguntei-lhe. E enquanto falava, um plano ganhava forma na minha cabeça.

Apanhei a bola e segurei-a. — Se quiseres que eu jogue à bola contigo — pronunciei lentamente — tens de brincar comigo às bonecas depois do jantar.

A minha ideia era encenar com as bonecas o que se tinha passado em casa dos Wilkins para ver o que é que o Andrew achava de tudo aquilo. Ainda que geralmente ele não se interessasse por aquilo a que chama *coisas de miúdas chatas*, a opinião dele poderia ajudar-me a esclarecer alguns pormenores. É que eu queria mesmo falar com alguém sobre o assunto e o Andrew era a primeira pessoa disponível para o efeito.

O Andrew passou as mãos pelo cabelo e considerou a minha proposta. Dava para perceber que estava a tentar encontrar uma maneira de dar a volta ao acordo.

Por essa altura, o meu pai passou, arrastando o aparador de relva. — Olá, minha flor — acarinhou-me —, por onde tens andado?

— Na casa da Sandra.

— Ah…

O meu pai era o protótipo do gigante gentil. Era muito alto, tinha olhos azuis e cabelo grisalho. Não me lembro de alguma vez terem sido de outra cor. Era calmo e vagaroso e sempre muitíssimo honesto.

Expus-lhe o meu plano. Seria juiz e júri para o caso de alguma coisa correr mal.

— Jogo futebol com o Andrew — expliquei — se depois ele brincar comigo às bonecas.

O meu pai sorriu-nos e coçou o bigode. — A mim, parece-me bem — concluiu.

Virei-me para o meu irmão. — Ouviste isto?

— Sim, ouvi. — Murmurou.

O meu pai virou-se e arrastou o aparador de relva para a arrecadação. — Vocês, crianças, que decidam. — Concluiu, falando por cima do ombro. — Eu vou para dentro, sentar--me.

Nunca conheci ninguém que gostasse tanto de se sentar como o meu pai. Iria deixar cair o seu corpo magro e esguio num cadeirão, acomodar-se-ia, sentando-se com os joelhos afastados, acenderia um cigarro e sentava-se, simplesmente. Conseguia permanecer sentado durante horas, desde que tivesse um jornal, uma chávena de café e um maço de cigarros.

Voltei-me para o Andrew. — Então, temos um acordo ou não?

— Temos.

— Aperta-me a mão.

— Oh, Nancy.

— Se temos um acordo, aperta-me a mão.

Demos um aperto de mão.

— Está bem… — Disse o Andrew. Os seus olhos avivaram-se subitamente. — É isto que tens de fazer. — Apontou para o outro extremo do relvado. — Vais para ali e atiras-me a bola.

— E depois?

— Depois eu remato e tu vais buscá-la.

— Por que é que eu não posso rematar?

— Porque não sabes.

Resolvi deixar passar esta porque, dentro de pouco tempo, seria eu a ditar as ordens.

Na hora que se seguiu, tentei fazer todos os tipos de jogadas. Umas vezes lançava alto. Outras, baixo. E às vezes fazia lançamentos perfeitos mas mesmo assim o Andrew defendia.

No fim do jogo, até o Andrew achou que eu estava a ficar melhor a receber e a atirar bolas e fomos jantar.

Nessa noite, jantámos a ver televisão. Vimos a série *I Love Lucy* enquanto comíamos um prato cuja receita tinha passado num programa televisivo.

A minha mãe comprava sempre perus congelados no supermercado e fazia quantidades enormes de puré de batata com ervilhas. Com os restos, fazia os jantares que aprendia na televisão. Por vezes, cabia-me a mim a função de separar os vegetais e de colocá-los na disposição certa na embalagem de folha de alumínio enquanto ela cortava a carne e lhe deitava o molho por cima. Depois tapava-se tudo com papel aderente e metia-se no congelador.

Pus a embalagem no lava-loiças para ser lavada e utilizada novamente. Na nossa casa não se desperdiçava nada.

— Vou preparar as coisas — disse eu com a minha voz mais insuspeita.

— Que coisas? — Disfarçou o Andrew. Depois pegou num livro de banda desenhada e fingiu que estava a lê-lo.

— Vamos brincar com a casinha das bonecas — relembrei-lhe.

— Queres dizer que *vais* brincar com a casinha das bonecas — corrigiu-me. — Eu estou a ler o *Pimentinha*.

— Tu prometeste.

O Andrew encolheu os ombros. — Mas não cumpro. — Segurou o livro de banda desenhada com as duas mãos.

— Acontece a todos.

Recorri ao meu pai. — Eu joguei futebol antes do jantar — disse eu. — E ele prometeu brincar às bonecas comigo. Tu ouviste-o.

O meu pai olhou para mim. Estava sentado na sua cadeira, no canto, os joelhos afastados, o cigarro numa das mãos, o jornal debaixo do braço. — Andrew, vai brincar com a tua irmã.

— Eu detesto brincar com bonecas — declarou.

— Como é que sabes? — Contestei. — Nunca brincaste. — Uma esperança surgiu no meu peito. Se eu conseguisse fazer com que o Andrew brincasse uma vez, talvez ele ficasse preso para sempre.

O meu pai voltou a pegar no jornal. — Pior para ti, rapaz — sentenciou. — Fizeste uma promessa. Agora tens de cumpri-la.

O Andrew deixou o livro cair.

Subi as escadas a correr, dois degraus de cada vez, fui para o meu quarto e sentei-me com as pernas cruzadas em frente à minha casa de bonecas.

Era uma casa de bonecas bastante antiquada. A minha mãe comprara-a em segunda mão quando andava à procura de móveis de pinho antigos. Estava pintada de cor-de-rosa e tinha uma varanda apoiada numa balaustrada de pilares brancos de madeira. A maior parte da mobília tinha vindo de Inglaterra, onde morava a minha avó.

No último Natal, ela tinha-me oferecido mesas e cadeiras, camas e tigelas. E eu já tinha caixas com facas e garfos e candelabros. E candeeiros de tecto e de pé alto. E, claro, tinha imensas bonecas minúsculas com roupa maravilhosa. Adorava a minha casa de bonecas e costumava sentar-me à frente dela durante horas, a inventar histórias incríveis. Os meus livros preferidos eram aqueles em que as bonecas ganhavam vida.

No princípio do Verão, tinha tentado produzir o mesmo efeito com três sapos. Todos os dias apanhava algumas dúzias deles e à noite enfiava-os na casa das bonecas.

Depois deitava-me e ficava a imaginá-los a saltarem de andar em andar. Um pouco mais tarde começavam a falar, transformavam-se em bonecas e representavam os seus papéis. O único problema era de manhã ter de apanhar imensos corpos de sapos secos e desidratados.

Continuando.

Abri as portas duplas da casa das bonecas e coloquei-as num círculo com três lados.

Enquanto dispunha os carros e os triciclos, tentava criar um cenário ao qual o Andrew não conseguisse resistir. Tinha de ter alguma coisa a ver ou com futebol ou com a Disneylândia. Eram as duas obsessões do Andrew. E depois poderia introduzir na história algumas das cenas que tinha visto e ouvido na casa dos Wilkins. É claro que eu já sabia que a Sra. Wilkins não teria nada a ver com a Sra. Pimlico-
-Smythe, que era quem estava a morar na casa naquela semana, mas achei que tinha encontrado uma forma de contornar o problema.

Os Wilkins do Canadá podiam, de alguma forma, ser primos afastados dos Pimlico-Smythes. Afinal, eu tinha bonecas suficientes para isso. Os Wilkins poderiam chegar inesperadamente (tendo trocado de roupa no avião), depois de uma viagem à Disneylândia e de onde trariam, como presente, uma bola de futebol. E depois, então, as coisas correriam mal entre os Wilkins.

Mal podia esperar enquanto preparava as bonecas.

O que acharia o Andrew de uma mãe que mentia à filha para se ver livre de uma amiga de quem ela não gostava? O que pensaria de uma filha que odiava tanto a mãe ao ponto de fazer a pior coisa de que se conseguiu lembrar só para irritá-la? Eu não tinha mirtilos, mas talvez um tabuleiro cheio de copos servisse.

Ouvi o Andrew a subir as escadas. Tentei ignorar o facto de ele vir o mais lentamente possível.

Finalmente apareceu à porta e atirou-se de encontro à parede. — Cheguei.

— Está tudo pronto — disse eu, radiante. — Já pensei numa história óptima. Gira tudo em torno de uma família de ingleses que descobrem que são todos doidos por bola e…

O Andrew sentou-se ao meu lado e pegou numa boneca.

Estava espantadíssima. Não esperava que entrasse tão rapidamente no espírito da brincadeira.

Escolheu a boneca errada. Chamava-se Jessica e nunca fazia nada de especial. Peguei noutra para lhe dar. — Essa boneca não serve — indiquei. — Esta aqui é…

— Esta é a *minha* boneca — interrompeu-me. Agarrou--a com força à volta da cintura como se fosse uma chave de fendas. E essa não era, de maneira alguma, a forma adequada de pegar numa boneca.

Tive um arrepio na barriga. O Andrew estava a preparar alguma. Mas eu não sabia o quê.

— Olha para esta boneca com atenção. — Disse o meu irmão.

De novo aquela esperança despontou.

— Chama-se Jessica — comecei por explicar.

— A Jessica é uma boneca perversa — disse ele com uma voz cantada.

E a seguir, sem que eu conseguisse evitá-lo, arrastou a Jessica como se fosse uma vassoura pelo chão, derrubando os móveis.

Arranquei-lhe a boneca da mão. — Seu bruto! — Gritei-lhe — Sai do meu quarto!

O Andrew levantou-se. Tinha caído direitinha na sua armadilha.

— Não se deve gritar — disse-me com um sorriso cínico.

E sem mais palavras, foi-se embora.

Por um momento sentei-me a olhar para a casa das bonecas. Raiva e desilusão giravam em torno da minha cabeça.

Para que serve um irmão com quem não se pode falar? Para que serve um irmão que não repara no que se passa à sua volta? Ou que repara, mas de uma maneira diferente das outras pessoas? E a um ritmo completamente distinto.

Talvez fosse isso. Talvez eu estivesse a ir depressa de mais. Teria de aguardar até que o Andrew ficasse suficientemente interessado. E, ainda assim, sabia que existia sempre a hipótese de ele nunca se interessar.

Enquanto arrumava os carros e os triciclos, as camas e as secretárias, até as panelas e os alguidares, tentava interpretar a minha derrota de uma forma filosófica.

Lembrei-me de um caso que se passou no Natal quando a minha avó veio cá a casa. Um dia depois de ter chegado, ofereceu-me a mim e ao Andrew o dobro das nossas semanadas para nós arrumarmos os quartos.

Naquela altura, uma semanada eram duzentos escudos e geralmente gastávamo-los numa garrafa de sumo e numa *tablette* de chocolate.

E, assim sendo, quatrocentos escudos eram uma fortuna! Não só arrumei o quarto como também limpei o pó à minha mobília e vesti roupa nova às bonecas. Até lavei os lençóis do berço do bebé, que estavam cheios de pêlos do Binker.

Quando contei ao Andrew, ele não demonstrou o mínimo interesse.

Tinha dito que não aceitava, logo à partida.

Gostava do seu quarto como estava.

Como é que eu poderia esperar que uma pessoa assim se interessasse pelo que se passa na casa dos Wilkins?

Deitei a Jessica na sua caminha e fechei as portas da casa.

Pelos vistos teria de descobrir, por mim, o que realmente estava a passar-se e porquê.

SETE

Passando a nossa pequenina baía, a água corria tão lentamente que desistiu, por fim, e transformou-se num pântano. Aqui a água era acastanhada e espessa e coberta de ervas verdes. Chamávamos-lhe lagoa. Parecia mais exótico e selvagem do que pântano.

O Andrew e eu estávamos deitados na lama morna. Era fofa, pegajosa e cheirava a ovos podres. Atrás de nós, por baixo das árvores, estava uma bacia cheia de girinos *bull frog*. Tínhamos conseguido apanhar uns vinte. Agora estávamos a descansar ao sol e eu tinha acabado de contar ao Andrew as histórias da Tracy com o Lawrence e com a mãe. Parecia-me um local mais adequado do que em frente à minha casa de bonecas.

Para grande satisfação minha, ele parecia minimamente interessado.

— Aposto que o Lawrence está a planear assaltar a loja dos pais e fugir de carro para oeste — disse o Andrew. Tinha um pau na mão e desenhava o esboço de uma arma na lama.

— Por que é que havia de fazer isso? — Questionei.

— Para arranjar dinheiro para ir com a Tracy à Disneylândia — respondeu, como se fosse óbvio.

Eu não tinha tanta certeza. Nem todos eram tão obcecados pela Disneylândia como ele.

— Quem é que vai à Disneylândia? — Gritou a Amy.

Era espantoso como a Amy e a Clare conseguiam atravessar o bosque sem quebrarem um ramo sequer.

— O Lawrence e a Tracy — esclareceu o Andrew. — Viram os nossos girinos?

A Clare disse que sim com a cabeça e sentou-se. — Cheiram mal quando morrem. — Acrescentou.

— Quando «morrem»? — Perguntei-lhe, começando a ficar incomodada. Não planeava deixar estes girinos morrerem. Ia treiná-los e ensiná-los a fazerem truques, para que quando se tornassem sapos fossem capazes de dançar a pares. Compraria uma tenda às riscas e as pessoas formariam filas para os verem...

— Nós tivemos uns uma vez. — Disse a Amy. — Fazíamos tudo por eles. — Contou pelos dedos todas as coisas boas de que os seus girinos beneficiaram. — Pusemo-los numa grande tina de metal. Arranjámos-lhes pedras para que pudessem subi-las quando lhes crescessem pernas...

— Nós até apanhavamos moscas para eles — acrescentou a Clare. — Mas morreram na mesma e a mamã nunca mais pôde usar a tina porque cheirava mal demais.

Levantei-me da lama e observei as bolhas escuras que rebentavam na água lamacenta. Cada girino tinha o tamanho de uma passa. Moviam-se, nitidamente, muito mais devagar do que quando o Andrew e eu os apanháramos. Talvez já estivessem a começar a morrer.

Esta possibilidade, ao lado da minha experiência falhada com a casa de bonecas, fez-me sentir culpada no que dizia respeito a assuntos relacionados com sapos. *A atitude certa a tomar* acendeu-se na minha cabeça, a piscar como luzes de néon. Peguei na bacia e esvaziei-a para a lagoa.

O Andrew nem notou. Tinha um olhar distante e desenhava um rato Mickey no sítio de onde a sua arma tinha desaparecido.

— E o que é isso de o Lawrence e a Tracy irem à Disneylândia? — Tornou a Amy.

O Andrew suspirou profundamente. — Há pessoas com sorte — murmurou.

Voltei a cabeça e olhei para ele de esguelha. — Não sabemos ao certo para onde é que eles vão — disse.

A Clare atirou uma pedra para a água esverdeada e espessa.

— Afinal, o que é que sabem?

Contei-lhes o que sabia sobre os beijos no carro do Lawrence.

— E faziam os mesmos barulhos que eu ouvi quando eles estavam a lutar?

Encolhi os ombros. — Estava longe de mais para ouvir.

Por um momento ninguém falou. O Andrew desenhou um sorriso enorme debaixo do nariz do Mickey.

Contemplámos a espuma na lagoa, a brilhar e a tremer enquanto os escaravelhos aquáticos deslizavam de folha em folha.

— Eu vi-os esta manhã — disse a Amy, enquanto chupava uma erva. — Estavam no carro do Lawrence, outra vez.

Tirou a palha da boca.

O Andrew e a Clare endireitaram-se.

— Viste a cara da Tracy? — Indaguei.

A Amy abanou a cabeça. — Vi. Parecia a *Cruella de Vil*.

O Andrew levantou-se. — Vou nadar — disse. Tinha um ar preocupado.

— Não consigo perceber — suspirou.

Virei-me e contemplei-o. Podia finalmente partilhar as minhas preocupações. — Nem eu — disse alto. — A Tracy odeia a mãe. Eu vi. Era como se ela estivesse a beijar o Lawrence para provocar a mãe.

O Andrew olhou para mim como se eu tivesse enlouquecido.

— De que é que estás a falar? — Inquiriu. Atirou o pau para o charco. — Nunca pensei que a Tracy Wilkins fosse à Disneylândia antes de mim, é só isso.

Quando me levantei, olhei para baixo, para a lama. O rato Mickey sumia-se rapidamente.

OITO

Uma antiga doca de madeira flutuava sobre o riacho. Tinha sido construída há uns anos atrás, por um coronel reformado, amarrando com corda cerca de meia dúzia de tábuas grossas e colocando-os sobre seis bidões de óleo vazios. Nas pontas uma massa informe de cimento impedia a doca de ser levada pela corrente.

Nós adorávamos a doca. Podia ser o que nós quiséssemos. Uma ilha deserta. Um bocado da lua, uma prancha de lançamento em direcção ao desconhecido.

Atirámo-nos à agua e nadámos para lá. Não devíamos nadar sozinhos, mas fazíamo-lo sempre. A minha mãe até já tinha deixado de dizer que se nos afogássemos ninguém nos encontraria na água lamacenta. Já não valia a pena. Quanto à Amy e à Clare, pareciam fazer parte tanto do rio como dos bosques. Nadavam como peixes de água doce. Mergulhavam na doca e apareciam do outro lado do riacho, onde o Andrew velejava no seu tronco.

Quando me apanhava sozinha, fazia o meu jogo das «fugas dos prisioneiros da prisão subaquática». Era um cruzamento entre um filme de terror e o meu programa de televisão preferido, em que entra um mergulhador chamado Carl Bridges. E era também uma boa maneira de me esquecer dos outros problemas que tinha na cabeça.

Mergulhei para debaixo da doca.

Lá em baixo era escuro e cheio de lodo.

A pancada surda que a água encurralada fazia ao bater contra os bidões soava a um tempo diferente da água do rio e fazia barulhos cavernosos e assustadores. Olhei para cima e vi os riscos desenhados no céu, através do espaços entre as tábuas. Pareciam grades.

Era tal e qual como eu imaginava uma prisão subaquática.

O meu coração começou a bater com força. O que faria o Carl Bridges?

Um segundo depois, preparei-me para a minha fuga impossível. Contei pausadamente até dez. Respirei fundo — esta é para ti, Carl! — e depois desapareci na água lamacenta.

Vim ao de cima a tossir e a gritar. Consegui! Estava livre! O sol aquecia-me a cara. Pestanejei por causa do brilho da luz. Na minha imaginação, o Carl Bridges estava a ver-me. Orgulhoso e fascinado.

Inclinou-se e segredou-me ao ouvido: *Um dia serás uma grande mergulhadora, Nancy.*

Trepei para a doca e estendi-me ao sol. A Amy e a Clare estavam sentadas no dique, mas do Andrew nem sinal.

— Onde está o Andrew? — Perguntei.

— Foi a casa do Sr. Chevrolet — gritou-me a Clare enquanto enxugava o seu cabelo cor de laranja.

Desci da doca e nadei para junto delas.

Durante algum tempo, ficámos sentadas a ouvir o zumbido dos insectos e a ver o reflexo da luz do Sol na água.

Depois a Amy apanhou um pau e enxotou-os.

— Sabes, eu disse que tinha visto o Lawrence e a Tracy. — Parecia que tinha passado a tarde com alguma coisa atravessada na garganta.

— Sim.

— Bom, também vi outra coisa.

A Clare e eu abraçámos os joelhos e esperámos.

— Eu estava deitada no local da emboscada a ver os carros passarem. — Começou a Amy.

Sabia qual era o local a que a Amy se referia. Havia um monte de grandes seixos ao lado da estrada principal, mesmo em frente à ladeira que ia dar a casa dos Wilkins. Um dos seixos estava deitado e não se via da estrada porque estava tapado pelos outros. Às vezes, escondíamo-nos atrás dele e atirávamos pedras aos carros que passavam.

Sacudi uma formiga que passeava pelas ervas. — O que é que viste?

A Amy disse que a Sra. Wilkins estava no átrio principal a limpar o pó ao veado quando o Lawrence parou o carro. O que significa que, de certeza, viu a Tracy e o Lawrence a beijarem-se no banco da frente.

— O que se passou foi que — continuou a Amy — depois de o Lawrence arrancar, a Sra. Wilkins correu em direcção à Tracy e gritou-lhe: — Sua ordinária! Que eu nunca mais veja isto!

Mais ainda havia mais.

A Amy recuperou o fôlego. — A Tracy respondeu-lhe e disse: a mãe é que é uma ordinária! E depois — a Amy baixou a voz e sussurrou — a Sra. Wilkins deu-lhe uma bofetada em cheio na cara.

As minhas mãos estavam suadas apesar de a erva estar seca. — Meu Deeeeuuus! — Deixei que me escapasse dos lábios como um sopro longo e demorado. *Uma ordinária.* No meu glossário, *ordinária* estava na mesma página que *prostituta*, a qual tinha consultado poucos dias antes em busca de um conhecimento mais alargado. *Ordinária* estava ao lado de *meretriz, rameira, devassa, pervertida* e, finalmente, *mulher de baixa condição moral.* O que me deu imenso jeito, visto não conhecer nenhuma das outras palavras.

— O que é uma ordinária? — Perguntou a Clare.

Sacudi outra formiga. — Significa mulher de baixa condição moral.

A Amy voltou a chupar a sua palha. — Porque terá a Tracy chamado à mãe, ah…, mulher de baixa condição moral?

Olhámos para o rio.

— Talvez ela o seja — disse eu. Talvez seja por isso que vai tantas vezes à igreja.

— O que é que queres dizer? — Perguntou a Clare.

— Para redimir os seus pecados — expliquei.

— Quais pecados? — Tornou a Clare.

Encolhi os ombros. — Como é que queres que eu saiba? Olhámos novamente para o rio.

O título de uma história para uma revista de adolescentes apareceu-me diante dos olhos. *A sua culpa secreta.*

Senti um arrepio na barriga. Talvez a Sra. Wilkins tivesse, de facto, algo a esconder e, fosse o que fosse, a Tracy tinha-o descoberto.

Lembrei-me da cara da Tracy quando despejou os mirtilos no relvado. Seria o segredo da Sra. Wilkins a causa do ódio da Tracy?

— Não gosto dos Wilkins — afirmou a Clare. — São esquisitos.

Levantei-me. — Vamos embora, vamos a casa do Sr. Chevrolet beber limonada.

O Sr. Chevrolet estava sentado na varanda. — Ah! Mais exploradores — exclamou quando nos viu chegar, ao fundo. — O Andrew e eu estávamos à vossa espera. A limonada está pronta.

O Sr. Chevrolet fazia a limonada com limões verdadeiros. Guardava-os na cozinha em frascos antigos fechados com rolhas de cortiça.

Tratava-nos a cada um de nós de uma maneira diferente.

Com o Andrew jogava xadrez e conversava sobre maneiras de pensar nas coisas. Comigo falava de livros. Foi ele que me deu uma das minhas posses de maior valor — um conjunto de volumes antigos da Enciclopédia para Crianças do Arthur Mee. Não fazia mal que fosse velho e que a maior parte dos factos estivesse desactualizada. Sentava-me durante horas a ler contos incríveis de audácia e braveza e a observar diagramas de bolhas, de balões de ar quente e das linhas de separação dos oceanos desenhadas por especialistas do século passado.

Com a Amy, o Sr. Chevrolet comentava quadros e pintores. E com a Clare falava sobre animais.

Subimos, a correr, a escada que ia dar à varanda de madeira, onde havia sempre sombra. O Sr. Chevrolet sorria-nos sempre a todos, radiante. Mas hoje parecia sorrir especialmente à Amy e à Clare. — A vossa mãe fez-me umas cortinas sumptuosas — disse. — A minha sala vai transformar-se na gruta do Aladino.

— Ah, sim? — Hesitou a Amy, sorrindo, embaraçada. Nenhum de nós fazia ideia do que significava «sumptuoso». Mas a gruta do Aladino era um bom sítio para se estar.

O Sr. Chevrolet bateu as palmas três vezes. — Nancy, vem.

Sempre que estava na hora da limonada, um de nós ia com ele à cozinha para trazer o tabuleiro com os copos de plástico. Hoje era a minha vez.

Atravessámos a sala. Era uma sala grande com um tapete entrançado, sofás confortáveis e uma lareira que o Sr. Chevrolet só usava no Inverno. Durante o Verão, tapava-a com uma tapeçaria coçada, com uns cães de caça. Havia livros por todo o lado. Alguns estavam nas prateleiras. Outros empilhados no chão. A sala era muito tranquila. Era o sítio da casa onde o Sr. Chevrolet passava a maior parte do tempo.

Do outro lado, um corredor ia dar a três quartos e a uma casa de banho. Na parte de trás era a cozinha. Era uma casa grande só para uma pessoa.

Entrámos na cozinha. Era fresca porque o sol não batia lá. Finas cortinas azuis e amarelas estavam penduradas na janela. Era uma cozinha pequena com um lava-loiças, uma mesa e alguns armários incrustados na parede.

Enquanto tirava o tabuleiro de baixo do lava-loiças, ocorreu-me que talvez o Sr. Chevrolet pudesse ajudar-me a perceber o que se andava a passar na casa dos Wilkins.

— Porque que é que há pessoas que fingem ser coisas que não são? — Perguntei-lhe.

Chegou-se ao armário e tirou cinco copos. Não quis saber a razão da minha pergunta. Apenas me respondeu.

— Talvez por serem infelizes — disse. — Ou talvez saibam que nunca poderão ser o que querem.

— Mas isso não significa que tenham de ser más, pois não?

O Sr. Chevrolet abriu o frigorífico e tirou um jarro de limonada. — Não, não significa.

Pus os copos no tabuleiro. Havia outra coisa que eu não compreendia. Como podia a Sra. Wilkins ser tão má, se acreditava tanto em Deus? Deus era supostamente bom. E também seria supostamente um exemplo a seguir pelos outros. Pelo menos, era o que nos ensinavam na escola.

— O que diz Deus sobre as pessoas que são más e que fingem não ser?

O Sr. Chevrolet fechou o frigorífico. Na cozinha sombria, sentia que ele olhava para mim. Mesmo se soubesse de quem é que eu estava a falar, não o diria. — Deus é a nossa consciência, Nancy — disse ele. — Se ouvimos a nossa consciência ou não, isso é connosco —. Pousou a mão na minha cabeça por uns momentos. — E às vezes as pessoas não ouvem.

Sorriu-me e pegou no tabuleiro. — Esta conversa faz sede. Vamos lá beber uma limonada.

Enquanto atravessávamos a sala cheia de luz, reparei no que estava em cima da mesa. Era uma máscara com uma cara feroz, vermelha e laranja, com os dentes afiados e um sorriso ameaçador.

— Ah, sim — disse o Sr. Chevrolet, seguindo o meu olhar. — Eu sabia que tinha uma coisa para vos mostrar. Veio do México. Trá-la para os outros a verem.

Era uma máscara feita de pequenas tiras de papel molhado. O Sr. Chevrolet chamava-lhe *papier mâché*. Nenhum de nós tinha visto uma coisa daquelas antes. E quanto ao México, tudo o que sabia aprendera com uma música chamada *Speedy Gonzales*. Os mexicanos faziam paredes com a lama dos seus *adobes*, comiam *enchiladas* (fossem lá o que fossem!) e bebiam *Coca-Colas* que guardavam em geleiras.

O Sr. Chevrolet pousou o tabuleiro e pôs a máscara à frente da cara.

De imediato, a pessoa que nós conhecíamos desapareceu e uma figura com um sorriso ameaçador tomou o seu lugar.

Por uma fracção de segundo, foi como se víssemos uma parte dele que estivesse escondida. Uma parte que ele fingia não existir.

Não suportava olhar para aquilo. — Tire isso — disse instintivamente. — Tire isso. É horrível.

O Sr. Chevrolet tirou a máscara. — Não me favorece, pois não? — Disse, alegremente. — Talvez peça ao meu amigo para me mandar outra.

— Não! — Pediu a Amy. — Eu quero que fique assim como é!

Ele olhou em volta, para as nossas caras tristes. Depois olhou para a máscara aterradora. Era como se estivesse a ler os nossos pensamentos.

Foi buscar um tacho velho de ferro. Acendeu um fósforo, deitou fogo à máscara e pô-la a arder no tacho.

— Assim é que está bem — afirmou. — As coisas devem ser o que parecem.

Enquanto falava, olhou para mim. — E as pessoas também.

NOVE

Uns dias depois, fui com a minha mãe para a cozinha e ajudei-a a fazer um bolo de especiarias.

As coisas estavam consideravelmente calmas. As Linklaters tinham ido visitar uns amigos a Marionville, na outra ponta de Otava, e eu andava mais com a Sandra Wilkins.

Vi a minha mãe pesar uma porção de passas e pô-las numa tigela. Até aí já eu tinha partido os ovos, pesado o açúcar e tirado as especiarias do armário.

Tentava ser útil. O que eu queria mesmo era meter o dedo na massa.

A minha mãe baixou-se para tirar o papel de alumínio do armário em baixo do lava-loiças.

O meu dedo disparou para dentro da tigela, voou para a minha boca e voltou à posição inicial, antes da minha mão se levantar.

Não há nada como o sabor da massa do bolo de especiarias para encorajar confidências. Talvez seja da mistura da canela com o açúcar amarelo. Ou então são as especiarias todas e as passas grandes e gordas. Seja lá pelo que tiver sido, de repente senti vontade de falar.

As questões a respeito da Tracy e do Lawrence tinham levado a outras questões. Tinham a ver com bancos de carros e roupeiros. Sendo os roupeiros cruciais para o meu raciocínio, e não os havendo nos carros, o que é que acontecia?

— Beijar alguém num carro é diferente?

A minha mãe deitou mais canela e meia colher de chá de noz-moscada na tigela.

— Diferente de quê?

Encolhi-me. Porque é que ela tinha de ser tão burra? — Diferente de, bom, quartos e, hum…, essas coisas.

66

Pegou na batedeira e enfiou-a na tigela. — Podes engravidar num carro, se é isso que queres saber.

— Mas... — Parei. Que tipo de carro tinha roupeiros? Desligou a batedeira. Os seus grandes olhos verdes perfuraram o meu cérebro. — O que é que andaste a ver?

— Nada, nada.

— De certeza que viste alguma coisa. O que foi?

Não podia ter sido um filme porque ela sabia o que nós víamos na televisão. Não era um livro porque ela sabia os que eu tinha no meu quarto e *Os Cinco* não chegavam ao ponto de ter rapazes e raparigas a agarrarem-se dentro dos carros.

Restava-me apenas uma saída. — A Sandra tinha uma revista...

— Devia ter calculado que tinha o dedo da Sandra — disse a minha mãe, revirando os olhos. Pegou na forma do bolo e untou-a com manteiga, como se estivesse a esfregar uma frigideira. — Não consigo entender como pode a Estelle queixar-se de ti quando as suas próprias filhas se vestem como se fossem presas fáceis.

— O que é uma presa fácil?

Na minha cabeça, imaginei um chupa-chupa gigante, às riscas, a ser arrastado para uma cela, preso por uma corrente. Mas instintivamente sabia do que ela estava a falar.

A minha mãe odiava ver as crianças vestidas com miniaturas da roupa dos adultos. Peças pretas já eram más. Mas pior do que tudo eram os fatos com folhos, rendas ou brilhantes.

Nem era preciso procurar nas páginas dos catálogos de roupa. Eram o tipo de coisas que a Sandra e a irmã vestiriam. Aquela roupa podia vir até da lua, na minha opinião. O que eu vestia e, de facto, a maioria da roupa da minha mãe fazia-se em casa com a máquina de costura.

A verdade era que, por mais que eu desejasse desesperadamente aqueles trajes, a minha única experiência tinha-se revelado desastrosa. Uma vez, no armazém de roupa mais antigo de Otava, fiz uma birra tão grande que a minha mãe cedeu e deixou-me provar uns vestidos escolhidos por mim.

O Andrew, o meu pai e a minha mãe sentaram-se enquanto eu arrastei os meus troféus para o vestiário, acompanhada pela senhora da loja que, depois de olhar para o meu nariz vermelho a pelar e para os meus joelhos esfolados, insistiu em ir comigo. Eu tinha, sem dúvida, o ar de quem, pouco depois, apareceria a dizer *desculpe, rasguei-o por acidente.*

A minha primeira escolha era um vestido brilhante (— Isso tem *nylon* — resmungou a minha mãe), de veludo verde, com uma grande gola de um tecido diferente, preto e lustroso. Várias golas com folhos que podiam ser apertados por dentro do decote vazio. Um cinto largo com tachas marcava a minha cintura inexistente.

O outro era até aos pés, com mangas pelos cotovelos e tinha rosas púrpura e vermelhas sobre um fundo brilhante, cor-de-rosa pálido.

Com o primeiro parecia uma apoiante da rainha Isabel, que tinha encolhido na lavagem. Com o segundo parecia uma lagosta amolgada.

Até o meu pai, que dizia coisas gentis em qualquer ocasião, se viu em dificuldades. — Estás muito bonita, flor, mas não te parece que ficas melhor como és?

— Ficas estúpida — foi o comentário do Andrew.

A minha mãe levantou-se e ajudou-me a vestir a minha roupa.

— O que é uma presa fácil? — Insisti.

— Toda a gente sabe *isso* — bradou o Andrew, que acabava de entrar pela porta das traseiras. — É o que se chama às mulheres que os homens engatam quando estão na prisão.

— Não é nada.

— É sim.

— Não é — gritei. — Pois não, mamã?

— Vamos a Wakefield passear os cães — sugeriu a minha mãe para mudar de assunto. Tirou o avental e pendurou-o na parede. — Acho que precisamos todos de apanhar ar.

— Eu vou buscar as trelas — disse eu.

— Eu é que vou — apressou-se o Andrew.

— Deixa o teu irmão ir buscar as trelas — pediu a minha mãe, com uma voz serena.

Segundos depois, sete cães saltavam para cima e para baixo a ladrar.

A minha mãe recolhia cães abandonados. A última aquisição tinha sido um cachorro rafeiro, muito nervoso, chamado Tinker.

Geralmente, o meu pai era filosófico a respeito dos cães que faziam parte da família. Um seria bom mas sete estava bem.

Atravessava, no entanto, algumas dificuldades com os dentes do Tinker. O meu pai usava sempre um chapéu, quando guiava. Por duas vezes o Tinker atiçara-se atrás do seu pescoço e derrubara o chapéu de forma que o meu pai ficou sem ver por onde ia.

Deste modo, não nos surpreendeu que tivesse recusado a proposta do passeio a Wakefield. Estava sentado na sala, a ouvir o relato de um jogo de *baseball* no rádio, a acariciar uma chávena de café e a fumar um cigarro. Levantou a mão do braço do cadeirão. — Adeus, adeus.

Amontoámo-nos dentro do carro. Os cães ladravam histericamente e passavam da frente para trás. Era sempre assim até a minha mãe arrancar para a estrada principal e berrar: — Para baixo! — Aí eles ocupavam os seus lugares e esperavam, com os olhos a brilhar, as caudas a abanar, as línguas a pender.

Fomos pela estrada fora até Wakefield. Era uma vila pequena, na margem do rio Gatineau. Se se pusesse a mão fora da janela do carro, quase se podia deixar o rasto dos dedos na água.

O edifício maior era o posto de saúde. Era uma construção simpática, branca e verde, com relvados e canteiros cheios de sol.

Uma ponte de madeira com um telheiro empedrado atravessava o rio. Do outro lado ficavam as colinas conhecidas por Montes de Wakefield.

Nós só íamos a Wakefield por uma de duas razões: ou para passear os cães ou para ir ao médico.

A minha mãe abrandou quando entrámos na ponte coberta, pintada de branco.

Começámos a atravessar a ponte. As rodas do carro faziam barulho ao passar por cima das tábuas de madeira. Voltei ao meu cenário do costume. Podia ver-se a luz do dia através dessas tábuas. E se elas cedessem e nós caíssemos ao rio? Havia apenas uma coisa a fazer (o Carl Bridges faria o mesmo). Pus a mão na manivela da janela. Se não me descontrolasse teria tempo suficiente para descer o vidro antes de cair à água…

Um carro estava estacionado na berma da estrada, mais à frente. Era branco e brilhava, com uma reluzente chapa cromada que resplandecia como os dentes polidos de um tubarão. Apenas uma família tinha um carro tão limpo como aquele.

Os Wilkins.

O Sr. Wilkins estava a entrar para o lugar do condutor. A sua cara estava afogueada e franzida. No banco de trás, a Tracy olhava fixamente pela janela para o rio. Ao seu lado, a Sandra comia um chupa-chupa. Quando me viu, deitou a língua de fora e lambeu o chupa-chupa mais devagar.

Naquele momento, a Sra. Wilkins virou-se, deu uma bofetada na cabeça da Sandra e deitou o chupa-chupa pela janela.

Depois arrancaram e puseram-se a caminho.

E nós entrámos na escuridão da ponte.

— A Tracy Wilkins e o Lawrence Murdoch vão assaltar a bomba de gasolina e fugir para a Disneylândia — especulou o Andrew, como se estas coisas acontecessem a toda a hora.

Estava sentado no banco da frente e, por isso, não lhe via a cara.

— Mas de que é que estás a falar, Andrew? — Perguntou a minha mãe. Pela voz dela, consegui perceber que tinha ficado nervosa com o que vira.

Por esta altura, já tínhamos atravessado a ponte e avançávamos pelo caminho empoeirado em direcção ao sítio onde costumávamos deixar o carro.

Agora era a minha vez. Por alguma razão, não me saí bem.

— A Tracy e Sra. Wilkins são duas ordinárias.

A minha mãe travou a fundo e encostou. Metade dos cães caiu para o chão do carro. Subiram novamente para o banco e começaram a ladrar. Apesar de saberem que aquele não era o sítio do costume, para eles servia.

— Calou! — Gritou a minha mãe, à boa maneira dos *Flintstones*.

Eles calaram-se.

Saímos do carro no meio de uma dança de cães.

A minha mãe pegou numa mão-cheia de trelas e começámos a caminhar. — Bom — disse ela, fixando-nos com o seu olhar de guerreiro. — Afinal, o que vem a ser isto?

DEZ

Alguns dias mais tarde, o Andrew e eu estávamos senta-dos cá fora, a comer sandes de manteiga de amendoim e geleia e grandes pedaços de melancia.

— Oh, não! — Disse o Andrew com uma voz baixa. — Olha quem vem aí.

Levantei a cara.

A Sandra Wilkins vinha a descer a rua, na nossa direcção.

— O que é que a mãe vai dizer? — Murmurou o Andrew.

Encolhi os ombros. Em Wakefield a nossa mãe deixou bem claro o que achava da Tracy e da Sandra. A Tracy é uma senhorinha muito convencida e a Sandra só arranja problemas, para além de ser uma mentirosa. E quanto à Sra. Wilkins, se ela tinha uma culpa secreta, nós não tínhamos nada a ver com isso.

— Olá, Nancy, olá, Andrew — cumprimentou-nos a Sandra, enquanto se sentava ao nosso lado e pegava numa sandes. — A mamã está a fazer limpezas e, por isso, vim brincar convosco.

Pelo tom com que falava parecia que estava a fazer-nos um favor.

— A tua mãe sabe que estás aqui? — Perguntei.

A Sandra enfiou outra sandes pela boca dentro. — Nã.

O Andrew pegou no prato dele e passou-o à minha mãe, pela janela da cozinha. — Está cá a Sandra.

— Já reparei — comentou a minha mãe.

Pela voz dela e pelo barulho dos talheres na cozinha adi-vinhava-se que não tinha ficado muito feliz com este último acontecimento.

Ao passar pela minha cadeira, o Andrew curvou-se e sus-surrou-me ao ouvido: — Livra-te dela.

Olhei-o com indignação. Como é que eu havia de fazer isso? Disse a primeira coisa que me veio à cabeça. Era o que dizia sempre, quando a situação pedia urgentemente uma desculpa.

— Queres fazer uma expedição? Conheço um lugar estupendo chamado Yangtze...

A Sandra olhou por cima do ombro para o sítio onde o Andrew estava. — Não vou enfiar-me nos bosques por caminhos estúpidos.

Inclinou-se para a frente. — Tenho um plano *a sério*.

O Andrew meteu o último pedaço de melancia na boca. — Vou ver se o Sr. Chevrolet está em casa — disse ele. Olhou-me fixamente. — Não venhas. — Depois deu corda aos sapatos e foi-se embora.

Apesar de a Sandra nunca ter ido a casa do Sr. Chevrolet, não discuti. Alguma coisa me dizia que o Sr. Chevrolet não ia gostar da Sandra mais do que o Andrew gostava.

Assim que ele partiu, a Sandra pegou-me na mão. — Tens de vir comigo — um sussurro abafado e húmido no meu ouvido. — És a minha melhor amiga.

— Onde?

— Depois vês. Vamos brincar aos detectives. — Puxou-me. — E se contares a alguém, vêm os vermes e comem-te o cérebro.

Jurei à minha mãe que íamos apanhar mirtilos.

Enquanto seguia a Sandra pela estrada fora, ela contou-me que, no dia em que tinham ido a Wakefield, a Tracy e a mãe tinham saído juntas e o pai lhe tinha comprado um chupa-chupa.

Quando se encontraram de novo, todos estavam de mau humor e havia um cheiro esquisito a consultório médico dentro do carro. A Sandra disse que a única vez em que tinha sentido aquele cheiro fora no posto de saúde. Mas quando perguntou à mãe se tinham lá ido, ela mandou-a calar e não meter o nariz onde não era chamada.

— Depois já sei o que aconteceu — atalhei.

— Pois foi. Tu viste.

Atravessámos a estrada principal e segui a Sandra através do bosque até às traseiras da casa dela.

Fiquei especada a vê-la retirar a grade que cobria a saída do poço de ventilação da casa.

Todas as casas das redondezas tinham um espaço entre o nível do chão da casa sobre o qual eram construídas e o nível real do solo. Ainda nesse Verão, a minha mãe e eu tínhamo-nos esgueirado, pelas traseiras, para debaixo da nossa casa para encher de fita isoladora os espaços entre as traves que suportam o soalho. Foi um trabalho pegajoso e horrível por causa do calor mas, quando chegou o Inverno, ficámos muito satisfeitas por tê-lo feito.

— O que é que vais fazer? — Perguntei quando a Sandra, muito calmamente, encostou a grade com a rede à parede.

— Já te disse — respondeu a Sandra com um olhar ardiloso na sua cara bolachuda. — Vamos brincar aos detectives.

Depois de deixar a rede contra a parede, rastejámos para debaixo da casa. Durante cinco minutos avançámos na escuridão húmida, olhando para cima para as traves de madeira e ouvindo nitidamente o zumbido de um aspirador.

Os Wilkins não tinham isolado a casa e por isso ouvia-se tudo como se estivesse a acontecer na divisão ao lado.

— Isto é uma estupidez — murmurei, tentando não fazer muito barulho a respirar.

— Não é nada — bichanou. — A mãe e a Tracy estiveram a tramar qualquer coisa em Wakefield e eu quero descobrir o que foi.

— És maluca — exclamei. — Não vais descobrir nada, escondida aqui em baixo.

— E de que outra forma é que vou descobrir? — Perguntou ela com um ar amuado. — Perguntei à Tracy, mas ela bateu-me.

— E se nos apanham?

— Estamos as duas metidas em sarilhos — respondeu a Sandra.

Foi então que percebi o que estava ali a fazer. Estaríamos as duas metidas em sarilhos, mas seria eu a apanhar as culpas. A minha mãe tinha razão: a Sandra só mentia e arranjava problemas. Decidi sair dali o mais rapidamente possível.

Nesse momento tocou o telefone.

— Shiiiu! — Ordenou-me. — Não te mexas.

O barulho do aspirador parou. Estalaram passos sobre as nossas cabeças.

— Estou sim? — A Sra. Wilkins falou alto e num tom irritável. — Olá, Cathy. Sim, estou a fazer umas limpezas. Pois, o Rick está a tentar meter-lhe algum juízo na cabeça. Tu viste o quê? — E, por momentos, calou-se.

— Quem é a Cathy? — perguntei baixinho.

— É a minha tia — sussurrou.

A voz mudou. — Às oito da manhã a sair do motel de Riverview? Tens a certeza de que era a Freya Linklater? Pensei que tinham ido visitar uns amigos a Marionville. Como é que era ele?

E novamente aquele riso maldoso. — Sim, conheço-o. É um tipo polaco que mora aqui ao pé.

A minha cara ficou quente e vermelha. A Sra. Wilkins estava a falar do Sr. Chevrolet.

Onde estava o mal de a Sra. Linklater estar com o Sr. Chevrolet no motel de Riverview?

Acotovelei a Sandra.

— Cala-te! — Murmurou. — Com que então, a Sra. Linklater? — Conseguia ouvir o risinho dela. — Eu sabia que íamos ouvir alguma coisa com sumo.

— O que é que queres dizer, *com sumo*? — Resmunguei.

— Não sejas estúpida, Nancy. Foste tu que me explicaste o que fazem as pessoas dentro dos roupeiros. E todos os quartos de motel têm um roupeiro, não sabes?

— Estás a falar de quê?

— Tu não percebes mesmo nada, pois não? — Perguntou ela, com desprezo.

Começou a falar como se eu fosse atrasada. — A mãe acha que a senhora Linklater e o tipo polaco estavam a fazer bebés no motel de Riverview.

A minha barriga deu uma volta. Estava a ficar agoniada. *A Sra. Linklater e o Sr. Chevrolet a fazerem bebés?* Como podia a Sra. Wilkins pensar uma coisa *dessas*? A Sra. Linklater e o Sr. Chevrolet mal se conheciam. E, fosse como fosse, a Amy e a Clare teriam de estar com eles em algum sítio. A Sra. Linklater nunca as deixaria sozinhas.

Olhei para a cara branca e gorda da Sandra. Não conseguia ver-lhe os olhos, mas podia imaginá-los a brilhar. Como é que ela, que achava que os bebés nasciam vestidos, podia ao mesmo tempo ser uma miudinha tão desconfiada e perversa?

— Vou-me embora — resmoneei.

Arrastei-me para o buraco da ventilação, em direcção à outra ponta da casa.

Ouviu-se um guinchar de pneus na estrada. Um capô prateado a brilhar parou em frente dos meus olhos. Era o Sr. Wilkins com a Tracy.

— Agora, ouve com atenção — começou o Sr. Wilkins. Parecia estar a tentar não perder a calma.

Queria tapar os ouvidos, mas não era possível. Era como se estivesse presa num pesadelo terrível.

— Temos de falar com a tua mãe — advertiu o Sr. Wilkins. — Depois podemos tomar uma decisão.

A Tracy falou com uma voz frágil. — Não percebo porque é que estão os dois a fazer um escândalo tão grande.

Mas quando voltou a falar, a sua voz era firme e triunfante. — Não é nada que não tenha acontecido antes.

— O que estás para aí a dizer? — Perguntou o Sr. Wilkins bruscamente.

Houve um momento de silêncio. Depois a Tracy começou a berrar. Era um grito áspero e estridente. — Pode guardar as suas pobres lições de moral, pai. Vi a minha certidão de nascimento. Vi a vossa certidão de casamento. São precisos nove meses para ter um bebé. A mãe já estava grávida de mim quando vocês se casaram! — Uma das portas do carro bateu. — Por isso, deixem-me a mim e ao Lawrence em paz. Nós queremos o nosso filho e eu vou sair deste buraco infernal.

— Tracy! Vem cá!

Ouvi o ruído seco de passos nas escadas exteriores. A porta do mosquiteiro bateu.

— Não te atrevas a atormentar a tua mãe! — Grunhiu o Sr. Wilkins.

Deitei-me na escuridão, com o coração a bater. Então era isso. A Tracy Wilkins ia ter um filho do Lawrence Murdoch. Por isso tinham ido a Wakefield. A Sra. Wilkins tinha ido com ela ao médico.

O Sr. Wilkins fechou a porta do carro. Afastei-me o mais que pude da saída do poço de ventilação, sem fazer barulho. No minuto seguinte, vi as suas pernas à luz do dia.

As pernas passaram a ser o corpo todo, assim que ele se baixou.

O meu estômago parecia geleia. Se metesse a cabeça dentro do buraco e olhasse à volta, ver-me-ia.

Vi-o levantar-se e ouvi o arranhar da grade quando ele lhe pegou e começou a colocá-la no sítio. — Malditas crianças! — Resmoneou.

— Rick! — Gritou a Sra. Wilkins. — Rick! Onde estás?

— Estou aqui fora — berrou. — Algum miúdo maldito deve ter…

— Não quero saber de miúdo nenhum — interrompeu a Sra. Wilkins. — Mexe esse rabo para aqui, imediatamente!

Observei, gesto por gesto, a hesitação do Sr. Wilkins.

— Rick!

Pôs a grade para o lado. Ficou parado, de pé, e as suas duas pernas eram como dois postes escuros no quadrado de luz.

Um segundo depois, ouvi os seus passos pesados nas escadas.

— O que é que a Tracy disse? — Murmurou a Sandra, rastejando na minha direcção.

— Descobre tu! — Resmunguei.

Saí do buraco e encolhi-me, como se fosse um animal, encoberta pela sombra da casa. Demorou alguns segundos até que os meus olhos se habituassem à luz. De dentro da casa, vinham as vozes do Sr. e da Sra. Wilkins a chamar pelo nome da Tracy. Ouviam-se também pancadas numa porta.

Contornei a parte da frente da casa e atravessei o átrio a correr. O veado dos olhos de vidro continuava a olhar para baixo, em direcção à estrada principal.

Fiquei a pensar em algumas das coisas que a Tracy tinha dito. *Deixem-me a mim e ao Lawrence em paz. Vou sair deste buraco infernal.*

Tentei imaginar o que seria odiar tanto a família ao ponto de querer fugir dela. Pareceu-me impossível. Porque, mesmo que se quisesse fugir, não se podia. Os pais não deixavam.

Talvez seja então aqui que entram os bebés. Fazem-nos de repente pessoas crescidas e podemos fazer o que queremos. É possível deixar a família porque já ninguém nos pode impedir de fazê-lo.

Lembrei-me da expressão inflexível e triunfante na cara da Tracy, ao sair do carro do Lawrence Murdoch.

Apercebi-me subitamente de que ter um bebé era exactamente o que ela tinha planeado.

Enquanto atravessava a estrada, olhei para a casa dos Wilkins. Era tão branca e tão limpa. Ninguém acreditaria nas coisas más que as pessoas diziam e faziam dentro daquela casa.

Senti-me ruborescer e a minha garganta fica cada vez mais apertada.

A casa dos Wilkins devia ser pintada de preto. Devia ser rodeada de pilhas de lixo fedorento. Sinais a dizer PERIGO, AFASTE-SE deviam ser espetados no relvado perfeitamente aparado.

As lágrimas começaram a encher-me os olhos.

A Tracy não me preocupava.

Mas preocupavam-me a Sra. Linklater e o Sr. Chevrolet. E odiava a Sra. Wilkins por os tornar culpados com as suas suspeitas maldosas e doentias.

ONZE

O Andrew vinha a subir a rua quando eu a descia a correr. Olhou para a minha cara e percebeu logo que se tinha passado alguma coisa.

— Não vás para casa — disse ele, segurando-me o braço.

— Porquê?

— Tenho uma coisa para te mostrar.

Funguei. — O quê?

— Encontrei uma gruta.

— Aonde?

O Andrew sorriu como um gato. — Queres negociar segredos?

— Sabes lá se eu tenho algum segredo para trocar pelo teu. — Murmurei, apesar de saber que não valia a pena fingir que não tinha.

O Andrew afagou-me o ombro, enquanto saltitava de um pé para o outro. — Queres negociar ou não?

Era um hábito familiar e fez-me sentir melhor.

— Talvez — disse eu.

— Nesse caso, segue-me.

Encaminhámo-nos para o rio.

— O Sr. Chevrolet estava em casa? — Perguntei com o ar mais natural que consegui arranjar.

— Sim — respondeu. — Mas não jogámos xadrez porque ele estava a pintar os quartos. — Fez uma pausa. — Até me deixou escolher a cor de um deles.

Não conseguia encontrar nenhuma razão que levasse o Sr. Chevrolet a dar-se ao trabalho de pintar os quartos. Apenas se servia deles para lá enfiar os livros. E quanto a pedir ao Andrew para ecolher uma cor... O Andrew não tinha olho nenhum para as cores! — Que cor escolheste?

— Amarelo — respondeu ele, com um tom resoluto. — Amarelo como as azedas.

Olhou para mim de lado. — O que é que se passou em casa da Sandra?

Então contei-lhe e contei-lhe tudo sobre o riso maldoso da Sra. Wilkins e o que a Sandra tinha dito a respeito da Sra. Linklater e do Sr. Chevrolet.

— Bah! — Começou o Andrew. — A garagem de Riverview é mesmo atrás do motel. O carro das Linklaters deve ter-se avariado.

Uma imensa sensação de alívio caiu sobre mim. Mas precisava de ter a certeza. — Como é que sabes que há lá uma garagem?

— O pai e eu fomos lá uma vez pôr gasolina — esclareceu-me. — E aquilo estava cheio de carros para consertar.

— Então porque é que a Sra. Wilkins não pensou nisso?

O Andrew respirou fundou como se se preparasse para dizer algo que nunca dissera antes. — Porque ela é uma cabra estúpida — afirmou. — E a Sandra não é boa da cabeça.

Ficámos em silêncio durante uns segundos. Depois deixei escapar um grito de alegria.

— *A Sra. Wilkins é uma cabra estúpida!* — Gritei o mais alto que pude. *A Sra. Wilkins é uma cabra estúpida e a Sandra não é boa da cabeça.*

Por esta altura tínhamos chegado à linha do comboio.

O Andrew deitou-me um olhar de relance. — O teu segredo é só isso?

— Metade.

— Está bem.

Em vez de atravessarmos a linha em direcção ao rio, o Andrew virou à esquerda. Naquele momento, uma das nossas cadelas, chamada Daisy, apareceu do meio do nada. Arfava e a sua cauda peluda abanava para trás e para a frente. Devia ter vindo a correr desde casa.

Peguei-lhe e abracei-a. Mas a Daisy não gostava de ser agarrada. Retorceu-se nos meus braços e saltou para os carris.

— Temos de levá-la.

— Não faz mal — disse o Andrew com benevolência.

— Pode proteger-nos dos *trolls*★.

— Do quê?

— Dos seres que vivem nas cavernas, pateta.

Avançámos junto à linha e passámos o lago onde crescem os juncos gigantes. Olhei para lá do lago, para o prado verde e viçoso que se estendia para o rio. Estava calor e tudo parecia crepitar.

Depois da escuridão e da maldade na casa dos Wilkins, sabia-me bem estar aqui.

De repente todo o alívio desapareceu e uma lágrima rolou-me pela cara abaixo.

O Andrew virou a cabeça e examinou-me como um pássaro curioso. — É só um segredo — tranquilizou-me. — Só tens de me contar.

Um trovão estoirou na minha cabeça e a minha face ficou escarlate. — Tu não estavas lá — solucei. — Foi horrível. Foi...

Nesse momento ouvimos o apito de um comboio. Vinha a fazer a curva e avançava mesmo na nossa direcção.

Há anos que esperávamos por ele. Só iríamos desviar-nos a poucos segundos de...

Nenhum de nós se moveu.

O comboio apitou novamente.

Continuámos sem nos movermos.

Então a Daisy ladrou.

A minha mãe dizia-nos sempre que, se ouvíssemos um comboio a aproximar-se, tínhamos de segurar os cães para que ficássemos todos do mesmo lado da linha. Dessa forma, nenhum cão poderia tentar atravessar no último minuto.

★ *troll* – gigante, anão ou ser sobrenatural do folclore escandinavo *(NT)*

Segurei a Daisy e o Andrew segurou-me a mim. Saltámos da linha e rebolámos por uma ladeira com espinhos até uma valeta. Um segundo depois a máquina passou com um enorme estrondo. Um monstruoso cavalo de ferro espalhou-se à nossa frente. O comboio era enorme e preto e incrivelmente barulhento.

Vagões ressoavam continuamente ao passar. Pareciam nunca acabar. Depois foi-se embora tão subitamente quanto apareceu.

— Meu Deus! — Murmurou o Andrew enquanto tirava umas silvas do cabelo. — Foi por pouco... — A Daisy desprendeu-se dos meus braços e começou a latir.

Subimos a ladeira até ao cimo, até chegarmos novamente à linha. Tínhamos os braços e as pernas arranhados, com pequenos cortes por causa das silvas.

O Andrew encostou o ouvido a um dos carris, tal como faziam nos filmes de *cowboys*. — Já vai longe — disse com uma voz muito séria. — Então, qual é o teu segredo?

O susto do comboio deixara-me tonta e abananada. Queria contar-lhe mas não conseguia. Em vez disso, movia-me freneticamente para cima e para baixo.

— Onde é a tua caverna? — Perguntei eu, a tremer. — Aposto que não encontraste nenhuma.

— Claro que encontrei — gritou o Andrew.

Corríamos ora em cima dos carris, ora no chão, ao longo da linha. Depois de uns oitocentos metros, apontou para umas pedras meio descobertas que estavam ao lado de um campo, por detrás de uma pequena mata.

Mais uma vez, descemos a ladeira e atravessámos a mata para chegar ao outro lado.

Um campo coberto de matagal parecia um sítio estranho para encontrar uma caverna, mas o Andrew parecia saber exactamente para onde se encaminhava. Chegámos por fim a uma grande pedra achatada que estava encostada, de lado, a um penedo de granito. Entre os dois existia um tufo denso de erva. A Daisy deu uma olhada, atravessou o tufo de erva e desapareceu.

— É aqui em baixo — indicou o Andrew. — Temos de nos deixar cair lá para dentro.

Pela segunda vez naquele dia, enfiei-me num sítio escuro. Pus primeiro as pernas e depois comecei a deixar-me escorregar.

— Tens a certeza de que isto é uma caverna? — Duvidei. — Parece mais um buraco.

— Espera até desceres um bocadinho mais — exortou-me o Andrew.

E enquanto ele me dizia isto senti, subitamente, que tinha espaço suficiente para baloiçar as pernas à vontade. Tacteei um sítio para apoiar os pés e deixei-me cair.

— Toma. Segura nisto e não largues. — Era a sua preciosa lanterna metálica.

Desceu para o meu lado. Depois pegou na lanterna e fez rodar o feixe de luz à nossa volta. Estávamos numa grande caverna com quatro lados. Devia ter cerca de seis metros quadrados. O chão era seco e arenoso e estava coberto de folhas. Num dos lados havia um arco tosco. Agachámo-nos para passar por baixo do arco a apontámos a lanterna para a frente. Era uma outra gruta, mais pequena.

A Daisy começou a ladrar dentro desta segunda gruta. Fazia uns sons abafados e indefiníveis.

Lembrei-me da gruta de *A família Robinson da Suíça*. Como eles a tinham equipado com as coisas do navio afundado, pendurando tapetes nas paredes, improvisando beliches e fogões de cozinha. — Podíamos viver aqui — disse eu, baixinho. — Só precisamos de lençóis e de umas caixas de papelão.

Até o Andrew estava satisfeito. — É mesmo boa, não é? — Congratulou-se. — Fui eu que a encontrei, lembra-te disso.

Estava demasiado excitada para discutir com ele, apesar de ter percebido, a partir do momento em que a Daisy atravessou o tufo de erva, que fora ela que encontrara a gruta e não o Andrew.

Sentámo-nos no chão, encostados às paredes de pedra. Na minha imaginação, estava a trazer provisões cá para baixo e a arrumar as coisas nos seus sítios. Preparava-me para a minha primeira refeição.

— Então, conta-me a outra metade do teu segredo — insistiu o Andrew.

Contei-lhe. Depois de ter acabado, ficámos durante algum tempo a fazer desenhos, com paus, na terra. Em seguida, o Andrew perguntou-me: — Então achas que mesmo assim a Tracy ainda vai à Disneylândia ou não?

— Andrew — respirei fundo. — Já te disse. Ela vai ter um bebé. Um bebé do Lawrence.

— Mas isso é de loucos — exclamou o Andrew. — Quem é que quer um bebé?

Encolhi os ombros. — Acho que a Tracy quer, mesmo que os pais dela não queiram. — Desenhei, com um só traço, uma pessoa barriguda de mão dada com outra pessoa. — Acho que ela quer casar com o Lawrence para se ir embora daqui.

Bah! — Respondeu o Andrew. — O Lawrence não vai querer levá-la. Porque, vê bem, com um bebé ninguém consegue divertir-se na Disneylândia.

— Andrew — tentei novamente. — Um bebé demora nove meses a crescer. E, olha lá, podes parar de falar na Disneylândia? Nunca ninguém disse que eles lá iam.

— Só não vão se forem parvos — insistiu o Andrew, com teimosia. — Especialmente se conseguirem arranjar dinheiro suficiente na estação de serviço.

Desenhou, no chão, a figura de um revólver. — Eu ia, se estivesse no lugar deles. — Parou e depois acrescentou, desolado — com ou sem bebé.

Naquele momento, o ladrar abafado da Daisy transformou-se num ganido agudo.

Levantámo-nos e apontámos o foco para o arco. No canto estava um monte de espinhos cinzentos eriçados. E ao lado estava a Daisy, a ganir e com as patas no focinho ensanguentado.

— Oh, não! — Gritou o Andrew. — É um porco-espinho.

Até ali tínhamos falado calmamente. Mas agora as palavras do Andrew ribombavam nos nossos ouvidos como fogo-de-artifício. Pensei imediatamente em derrocadas e avalanches. Um ruído mais alto e podíamos ficar ali presos para sempre. Morreríamos de fome e de sede. Encontrariam os nossos esqueletos tal como os exploradores de *A Ilha do Tesouro* encontraram durante as buscas...

— Por favor, Andrew, cala-te! — Assobiei para chamar a Daisy. — Vamos sair daqui.

O Andrew trepou primeiro. Passei-lhe a cadela e depois subi eu.

Estávamos outra vez sob a luz do sol de fim de tarde e sacudimos os grãos de areia do cabelos e da roupa. Sentíamo-nos tão desiludidos que nenhum de nós falou. Há séculos que procurávamos uma gruta.

— Se tem um porco-espinho lá dentro, não serve — disse o Andrew, por fim.

— Pois não.

Começámos a subir o monte.

— Ia chamar-lhe *rendezvous*.

— O que é isso?

— É «ponto de encontro» em francês, pateta — murmurou o Andrew, angustiado.

— Ah.

— Mas se tem um porco-espinho, então não serve.

— Pois não.

Chegámos à estrada principal e tomámos a direcção de nossa casa. Deixei o Andrew ir à frente e fiquei para trás. Parecia que tudo à minha volta estava a correr mal.

DOZE

— As Linklaters estão de volta — disse a minha mãe depois do pequeno-almoço do dia seguinte.

— Como é que sabes? — Perguntei.

— Vi o carro delas lá fora, quando fui levar o lixo para a lixeira — explicou. — Se quiseres ir para lá, tens de arrumar o teu quarto primeiro.

— Está bem.

Nem sequer dissemos olá, apesar de já não nos vermos há duas semanas. Parei à porta do quarto da Amy e da Clare, a recuperar o fôlego. Fui a correr para casa delas, assim que acabei de arrumar o meu quarto.

Parecia que um tornado tinha entrado pela porta do quarto da Amy e da Clare, dado umas voltas e voltado a sair. Devia ser um tornado residente porque, de cada vez que eu ia ao quarto delas, a confusão era diferente. Desta vez tiraram as colchas das camas e enrolaram-nas em cobertores, para fazerem de escudo. Os colchões estavam no chão, por baixo. Num dos cantos, uma montanha de cadeiras crescia, periclitante, quase até ao tecto. O tornado devia tê-la poupado. As cadeiras estavam assim desde que tínhamos brincado ao *João e o Feijoeiro Mágico*, algumas semanas atrás.

A Amy deu uma pirueta e parou, com um pé à frente do outro. — Então, o que é que achas do meu penteado? — Perguntou-me. — Fui eu que o fiz.

Analisava-se a si própria num pequeno espelho de bonecas. — É suposto ser igual ao do Peter Pan.

O seu bonito cabelo cor de laranja parecia ter sido roído pelos ratos.

— O meu é um corte à tigela — disse a Clare com a sua voz grave. — Pus uma tigela na cabeça e cortei à volta.

O cabelo da Clare parecia uma cauda de cavalo cortada rente. Estava curto e ralo e espetava atrás.

Não sabia o que dizer.

— O que é que a vossa mãe acha?

A Amy pôs alegremente a cabeça para trás, imitando uma pose do Peter Pan. — Oh, não se importou. Esteve fora durante uma semana e quando voltou também tinha um penteado novo.

— A Sra. Somers ficou *fuuuriooosa* quando cortámos o cabelo — disse a Clare. Enrolou a palavra 'furiosa' como se tivesse um rebuçado na boca.

— Quem é a Sra. Somers?

— É a senhora que tomou conta de nós em Marionville — explicou a Amy. — É inglesa. — Riu-se. — Disse que nós éramos *insuportáveis*.

— Absolutamente *insuportáveis* — acrescentou a Clare, com uma voz esganiçada para imitar a Rainha. — Mas a quinta era óptima.

— Estavam numa quinta? — Os meus olhos começaram a brilhar.

Ter uma quinta era o meu sonho. E teria grandes celeiros, vermelhos e brancos. As galinhas correriam pelo quintal. Carroças de cavalos puxariam vagões cheios de feno e haveria forquilhas, espantalhos e um bode com um olhar tresloucado a comer latas de estanho…

— O que é que fizeram?

A Amy encolheu os ombros devagar. Ela sabia que eu estava ansiosa por ouvir todos os pormenores. — Sei lá, coisas de quinta.

— O que é queres dizer com «coisas de quinta»? — Insisti, quase a gritar.

— Eu guiei uma carroça — disse a Clare. — E mungi uma vaca. — Deu uma gargalhada. — E mandei um esguicho para a cara da Amy.

— Estava *quente* — gritou a Amy, a fingir que limpava o leite dos olhos e que lambia os dedos.

Nem queria acreditar. Nunca tinha provado leite acabado de tirar da vaca.

— E o que fizeram mais? — Perguntei, abalada.

— Deram-me um vitelo — disse a Amy. — Mas ele
deu-me um coice. — Levantou o lábio e apontou para o
dente da frente. — Então deram-me um leitão, para o subs-
tituir.

Não podia ser verdade. — Tal como o Wilbur de
Charlotte's Webb, queres tu dizer? — Gaguejei. Olhei à
volta, à procura de um leitão aninhado numa caixa de
feno. Estava uma balbúrdia tão grande naquele quarto
que facilmente me passaria despercebido. — Ficaram
com ele?

Se a Amy e a Clare tivessem um porquinho, então talvez
eu também pudesse ter um. Podia viver na clareira, ao pé
dos baloiços. Dava-lhe os restos para comer e chamava-lhe
Marvin…

— Nã — a Amy abanou a cabeça. — Íamos trazê-lo,
mas a mãe achou que ele não ia gostar de passar tanto tempo
dentro do carro.

É claro, o carro delas tinha-se avariado. Já não me lembrava. A Sra. Linklater tinha razão. Um porquinho podia
ficar muito infeliz, às voltas dentro de uma garagem.

— O que é que aconteceu ao vosso carro? — Perguntei.
— O Andrew já esteve na garagem de Riverview com o
nosso pai.

— O nosso carro não se avariou. — A Amy olhou para
mim.

— Onde é a garagem de Riverview? — Quis saber a
Clare, baralhada.

Comecei a corar. — A Sandra Wilkins disse, quero dizer,
o Andrew disse… — Olhei para o chão. — Tenho pena por
causa do porquinho — murmurei, tentando mudar de
assunto.

Não resultou.

— A Sandra Wilkins? — Repetiu a Amy, zangada. — O que é que a Sandra Wilkins sabe de nós? Nunca estamos com ela. Porque é que ela anda para aí a falar de nós?

— Nós não gostamos da Sandra Wilkins — disse a Clare.

Comecei a sentir picadas na cara, que cada vez aquecia mais e ficava mais corada.

O Andrew tinha a certeza que o carro das Linklaters se tinha avariado. E eu, por minha vez, tinha a certeza de que ele estava certo. Era a única razão para a Sra. Linklater estar ao pé do motel com o Sr. Chevrolet.

Tinham ido beber um café enquanto lhe reparavam os travões.

Oh, cala-te! Disse para mim mesma. Estás a inventar. Não sabes de nada.

Na minha cabeça, continuava a ouvir o riso maldoso da Sra. Wilkins. *Mas as miúdas estavam em Marionville, isso é verdade.*

Ouvi a voz exultante da Sandra. *Tinha a certeza de que íamos ouvir alguma coisa com sumo.*

De repente, fiquei com dores de barriga. — Também odeio a Sandra Wilkins — exclamei, furiosa. — Nunca mais a quero ver, nunca mais.

Naquele momento, a Sra. Linklater apareceu à porta. Tinha um saco castanho de papel na mão. — As vossas sandes estão prontas, meninas. — Observou-me, intrigada. — Sentes-te bem, Nancy?

Olhei para ela. Havia qualquer coisa diferente na Sra. Linklater. E agora que percebera, perguntei-me porque não reparara nisso assim que entrei na cozinha. Parecia mais nova. As rugas aos cantos da boca tinham quase desaparecido. O penteado novo ficava-lhe bem. O cabelo curto favorecia-a e deixava ver os brincos de pérolas. Não costumava usar brincos. Talvez também fossem novos. Talvez os tivesse comprado enquanto esteve fora.

— A Sandra Wilkins contou à Nancy que o nosso carro se tinha avariado — disse a Amy.

Senti-me tão tonta como se estivesse a tentar equilibrar-me na beira de um precipício. E se elas mencionassem Riverview? O que é que eu ia dizer?

A Sra. Linklater olhou para nós.

— A Sandra Wilkins está sempre a dizer alguma coisa a alguma pessoa — comentou com benevolência. — E geralmente é alguma coisa que essa pessoa nem sequer quer saber.

Sorriu-me e fez-me uma festinha na cabeça. — As meninas contaram-me que vais levá-las numa expedição. Para onde vão?

— Vamos atravessar o Yangtze — gritou a Clare.

— É o nosso sítio preferido — completou a Amy. — E já não vamos lá há *duas semanas!*

Apoiou as mãos nos meus ombros e saltitou para cima e para baixo.

De repente, estava tudo como dantes. Senti-me como se tivesse recuado da beira do precipício. Agora estava tudo bem.

A Clare tirou o saco de papel das mãos da mãe e desatou a correr para a cozinha, em direcção à porta.

— E vamos apanhar framboesas — acrescentou a Amy.

— Parece divertido — concluiu a Sra. Linklater. — E que tal levarem pacotes de cartão para as guardarem?

Seguimos a Clare para a cozinha.

Vi a Sra. Linklater ir buscar, debaixo de um lava-loiças, um escorredouro partido de madeira que estava cheio de pacotes de cartão até cima. Os meus olhos deslizaram do escorredouro para a cornija da lareira. Em cima da dessa prateleira de tijolo estava uma maço de cigarros. Encostada ao maço estava uma carteira de fósforos. *Motel de Riverview* estava escrito na parte da frente.

Pestanejei e olhei outra vez. Depois desviei rapidamente o olhar. Um trovão de gelo imobilizou-me. Era como estar perdida no meio de uma tempestade de neve.

— Nancy — a voz da Sra. Linklater parecia estar a quilómetros de distância. — Nancy.

Segurava um pacote de leite vazio. — Também precisas de um?

— Para quê?

— Para as framboesas. — Os seus olhos cinzentos fitaram os meus. Reparara que eu tinha visto os fósforos. Mas, no seu entender, o que poderia uma carteira de fósforos significar para mim?

Peguei no pacote, saí a correr e desci os degraus. — A expedição para o Yangtze vai partir! — Gritei eu, o mais alto que pude.

Era a única maneira de não chorar.

★ ★ ★

Yang! Yang! Yang!

A Amy, a Clare e eu baloiçávamos para cima e para baixo, debaixo do sol da manhã. Gritávamos a letra de *Hang Down Your Head Tom Dooley*. Gritávamos ainda mais alto depois de os nossos berros desafinados fazerem ricochete no túnel da linha de comboio e explodirem no meio das árvores.

— Este é o melhor lugar do mundo! — Exclamou a Amy, muito alto. — Vou ficar aqui para sempre!

— Para sempre e para sempre! — Repetiu a Clare.

Yang! Yang! Yang!

Balançava-me para cima e para baixo ao lado delas, mas era como se não estivesse ali. E sabia que era por causa do que tinha descoberto ao ficar à escuta na cave da Sandra.

A minha mãe explicou-me, uma vez, como é que os fazendeiros tratam dos cães que matam galinhas. Pendura-se uma galinha morta à volta do pescoço do cão. E depois de a galinha apodrecer até acabar por cair, esse cão nunca mais tocará noutra.

Sentia que alguma coisa me afastava da Amy e da Clare. Era como se eu tivesse uma invisível galinha podre à volta do pescoço.

Yang! Yang! Yang!

— Onde está o Andrew? — Perguntou a Amy.

— Está em casa do Sr. Chevrolet — respondi em voz alta.

Yang! Yang! Yang!

— Vamos levar-lhe umas framboesas — berrou a Amy, com um guincho agudo.

Olhei para ela. Subitamente tinha ficado tão vermelha como eu ficara ao mencionar a Sandra Wilkins em casa delas.

Vi a Clare lançar um olhar rápido à irmã. Alguma coisa, que eu não sabia, se passara entre as duas.

Antes que eu pudesse dizer o que quer que fosse, a Amy, de um voo, passou as pernas por cima da vedação.

— Estou atravessar o Yangtze! — Gritou ela. Depois, como se fosse uma ginasta, aterrou do lado de lá e correu pela relva alta e brilhante.

As framboesas silvestres cresciam em arbustos informes e torcidos ao longo do aterro da linha do comboio e à volta do túnel em ruínas. Eram pequenas e doces e o sumo vermelho tingia-nos os dedos como se fosse tinta. Enchemos os nossos pacotes em vinte minutos apesar de termos comido o dobro das que apanhámos. Depois sentámo-nos dentro do túnel e saboreámos as nossas sandes de mel em silêncio.

A minha começava a parecer-me uma massa de borracha, às voltas na boca. Normalmente, a Amy matraqueava como se fosse uma máquina de costura. E onde a Amy ficava, a Clare pegava. Mas, naquela tarde, o silêncio tornava-se cada vez mais e mais desconfortável enquanto fingíamos ouvir o que se passava fora do túnel. O chiar dos esquilos. O grito de um gaio azul. O rá-tá-tá do pica-pau à procura de grãos numa árvore.

De repente, a Amy pegou num pedaço de ardósia e atirou-o contra a parede com toda a força. Despedaçou-se e caiu ao chão, feito em bocados.

— O que é que tu achas do Sr. Chevrolet, a sério? — Perguntou-me, com uma voz sufocada, olhando fixamente para a frente.

— Mas mesmo a sério — reforçou a Clare.

Era exactamente a última pergunta que eu esperava que elas me fizessem. Mas fiquei contente por já não quererem falar mais dos Wilkins.

— Acho que é muito simpático — respondi, hesitante. — E é sempre bom para nós.

— Só isso? — Retorquiu a Amy, enfurecida.

Voltei a sentir picadas na pele. Lembrei-me do olhar que as duas tinham trocado quando a Amy saltou a vedação. Havia alguma coisa que estava a deixá-las muito infelizes e eu não fazia a mais pálida ideia do que seria.

Sentia-me cada vez mais encurralada. — E, bom, hum…, a minha mãe e o meu pai gostam muito dele. — continuei. — E… O Andrew gosta muito dele.

Olhei para a cara da Amy, pontilhada de sardas. — Porque é que perguntas?

Para meu espanto, os olhos dela encheram-se de lágrimas. Pegou noutra pedra e atirou-a contra a parede. — Conta-lhe tu — disse à Clare.

A Clare encurvou os ombros e inclinou-se para a frente. — Então é assim — começou. Virou-se para olhar para trás.

— Ninguém te ouve, idiota — disse a Amy a chorar. Limpou os olhos às mangas. — Diz-lhe.

A Clare abanou-se e piscou os olhos. Parecia-se agora uma coruja, mais do que nunca. — O que se passa é que — explicou ela — nós achamos que o Sr. Chevrolet está apaixonado pela nossa mãe e que ela, hum…, não repara.

— E se não reparar rapidamente, ele pode desistir — disse a Amy com um tom de desespero.

— Nós gostamos mesmo muito dele… — Disse a Clare, calmamente. — E não temos um pai há tanto tempo…

Lembrei-me do dia em que lhes perguntei como era não ter pai. E como me arrependera de perguntar porque a resposta saltou imediatamente à vista.

Não ter pai era horrível. Era uma das coisas mais tristes do mundo. E tudo o que se podia fazer era tentar não pensar muito nisso para não se estar sempre triste.

— E por isso não sabemos o que fazer — concluiu a Amy. Desta vez nem sequer limpou os olhos. As lágrimas escorregavam-lhe pelas bochechas abaixo. — Até escrevemos para o jornal, para uma senhora que resolve problemas, mas ela nunca nos respondeu.

— E mesmo que tivesse respondido, a mãe teria aberto o envelope — acrescentou a Clare.

— Então, o que é que vamos fazer? — Insistiu a Amy. — Não queremos fazer nenhuma asneira, mas se não fizermos nada agora, depois será tarde demais.

A Clare olhou para mim e piscou os seus olhos cor de mel. — Achas que o Sr. Chevrolet gosta da nossa mãe, Nancy?

A galinha invisível que eu tinha ao pescoço ficou cinco quilos mais pesada. O que é que eu havia de fazer? Não lhes podia contar o que sabia. Podia estragar tudo.

Olhei para os pés, sabendo que tinha de dizer alguma coisa depressa.

— Contaram a mais alguém? — Perguntei, por fim.

A Amy e a Clare disseram que não com a cabeça.

— Quase contámos à Sra. Sommers — disse a Amy. Porque ela é a melhor amiga da mãe, mas depois ela chamou-nos *insuportáveis*. — Respirou fundo, mas mesmo assim a voz tremeu-lhe. — Nós não somos insuportáveis, pois não Nancy? O Sr. Chevrolet gosta de nós, não gosta, Nancy?

A Clare baixou-se e pôs a mãozinha morena no joelho da irmã. — As framboesas estão a ficar todas pegajosas — disse baixinho.

— E depois? — Perguntou a Amy, tristíssima.

— Vamos levar umas ao Sr. Chevrolet — respondeu a Clare.

— Como é que podemos ir a casa do Sr. Chevrolet e fingir que está tudo bem quando não está? — Soluçou a Amy. Começou a chorar outra vez. — *Odeio* fingir. Faz-me ficar *maldisposta*.

Tentava desesperadamente engendrar qualquer coisa antes de abrir a boca. Se a Sra. Linklater tinha estado fora durante uma semana, talvez tivesse passado todo esse tempo com o Sr. Chevrolet no motel de Riverview. E isso significaria que ela gostava dele tanto como a Amy e a Clare achavam que *ele* gostava *dela*. E se ele gostava dela e ela gostava dele...

Mas talvez eu estivesse a fazer um grande filme. Já não tinha a certeza de nada.

— Então qual é o teu plano? — Perguntou a Amy, incisivamente. — Tens de ter algum. Estás muito calada.

Mordi o lábio. Queria dizer alguma coisa que as fizesse sentir melhor. Mas não me lembrava de nada. Então comecei a inventar e o resultado parecia saído de um filme.

— Está bem — disse eu. — Vamos fazer o seguinte.

— O quê? — Perguntou a Amy.

— O quê? — Perguntou a Clare.

— Vamos a casa do Sr. Chevrolet e damos-lhe umas framboesas — disse. — Vocês agem normalmente e eu fico à espera de sinais.

— Mas que *sinais*? — Perguntou a Amy.

A minha cabeça girava em espiral.

— Bom, tais como dedos a tremer, olhares cruzados, as palmas das mãos suadas. — Encolhi o ombros, atrapalhada. — Esse tipo de coisas.

A Clare olhou para mim. — E depois fazemos o quê?

— Discutimos isso amanhã — redargui rapidamente.

— Que diferença é que faz ser amanhã? — Perguntou a Amy.

— Faz muita diferença — respondi. Parecia um labirinto horrível. Cada volta que dava fazia-me sentir mais perdida. Cada palavra que dizia obrigava-me a mentir mais e mais. E não havia nada que eu pudesse fazer para o resolver.

— Então? — Impacientou-se a Clare. — Qual é a diferença?

Não tinha nenhuma justificação. Inventei-a. — Isso dá--me tempo para falar com o Andrew e pedir a opinião dele.

— Oh! — Respondeu a Clare — O Andrew só pensa na Disneylândia.

Mas a Amy pareceu ficar satisfeita. A sua cara animou-se. Tirou uma framboesa do pacote e fê-la estalar dentro da boca. — Tens sabido alguma coisa da Tracy Wilkins?

— Não — respondi, quase a gritar. — Nem quero.

E antes de alguma delas ter tempo para comentar, peguei no meu pacote e desatei a correr para fora do túnel.

— A última a chegar perde! — Gritei, enquanto saltava para lá do Yangtze da mesma forma que a Amy o atravessara para cá.

— Espera por nós — berraram a Amy e a Clare.

Mas eu não esperei porque não ia para casa do Sr. Chevrolet, ia para minha casa. E corria tão depressa que a Amy e a Clare só se aperceberiam da minha fuga quando chegassem, sozinhas, a casa do Sr. Chevrolet.

TREZE

Naquela noite deitei-me na cama a olhar para o tecto. Só conseguia pensar no que o Andrew tinha dito ao fim da tarde, depois de voltar da casa do Sr. Chevrolet. Quando cheguei a casa, fui directamente para os baloiços do bosque atrás da nossa casa. Passei o resto da tarde a deslizar para trás e para a frente. Fazia-me sentir melhor e, enquanto descia e subia, houve momentos em que quase consegui esquecer-me de todas as confusões.

O Andrew teve de gritar algumas vezes, antes de eu me aperceber que ele tinha chegado. Enterrei os pés no chão e parei de repente.

— Porque é que não apareceste? — Perguntou o Andrew, furioso. Estava pálido e tinha a cara às manchas. — Estivemos à tua espera.

Dava pontapés no chão com os ténis. — Porque é que não apareceste? — Perguntou novamente.

Senti o estômago contorcer-se. Alguma coisa se tinha passado em casa do Sr. Chevrolet e, pelos vistos, a culpa era minha.

— Enganaste-te em relação à garagem — disse, abruptamente, o Andrew. — O carro das Linklaters não se avariou.

As lágrimas encheram-me os olhos. — Eu não disse que se tinha avariado — quase lhe gritei. — *Tu* é que disseste que se tinha avariado. Disseste que era por isso que eles estavam juntos e eu acreditei em ti.

Olhámos um para o outro. Mas seria igual se tivéssemos vendas postas.

— Está certo — concordou o Andrew. Sentou-se no outro baloiço. A sua voz estava mais calma. — *Ok*. É isto que se passa. Estou a ajudar o Sr. Chevrolet a arrumar a sala.

— O quê?

O Sr. Chevrolet nunca arrumava a sala. Passou-me pela cabeça um pensamento horrível. — Ele não vai mudar-se, pois não?

— Claro que não — respondeu o Andrew. — Para que é que ele ia pintar os quartos se fosse mudar-se? Está apenas a arrumar a sala. Arrumou os livros. E deitou papéis fora.

— Não sabia disso.

— Saberias se tivesses aparecido — contrapôs o Andrew, com a voz a subir de nível. — E, além disso, quando a Amy e a Clare apareceram, sentámo-nos à tua espera.

— Não *pude* ir.

— Porque não?

— Depois conto-te — murmurei.

— Eu perguntei ao Sr. Chevrolet o que é que se tinha passado com o carro das Linklaters — continuou o Andrew, como se não me tivesse ouvido. — E depois a Amy disse que tu lhes tinhas perguntado o mesmo, mas que o carro delas nunca se avariou.

O Andrew insistia em dar pontapés no chão. — E depois eu perguntei: então porque é que a irmã da Sra. Wilkins lhe disse que tinha visto a vossa mãe e o Sr. Chevrolet na garagem de Riverview?

Pensei que ia desmaiar.

— E a Amy perguntou-me: quem é que te contou isso? Retive a respiração embora soubesse o que vinha a seguir.

— E então eu disse: foi a Nancy. — E depois a Amy gritou: isso não é verdade e como é que a Nancy sabe mais do que nós? — aqui o Andrew parou.

Apoiei a cabeça nas mãos.

— E o que é que disse o Sr. Chevrolet? — Indaguei muito baixinho.

O Andrew olhou para mim com um olhar curioso. — A princípio não comentou, mas depois fez uma cara séria.

— E depois disse: Ah, outra vez a Sra. Wilkins. Vocês não deviam dar-lhe ouvidos.

Abri a boca para falar, mas o Andrew mandou-me calar e continuou.

— E depois a Amy disse que a Sra. Wilkins era uma pessoa má porque tinha ouvido a mãe dela a dizer à nossa mãe que...

— À nossa mãe? Mas o que é que a mãe tem a ver com...

— Espera — ordenou-me, zangado, o Andrew. — Depois o Sr. Chevrolet levantou-se e disse que devíamos ir todos para casa.

O Andrew fitou-me. Tinha os olhos abertos e a face pálida. — Ele não estava zangado, nem nada parecido. Mas nunca nos tinha falado daquela maneira. — Parou e engoliu em seco. — E depois a Amy começou a chorar.

Pegou numa pedra e atirou-a com toda a força para o bosque.

— Está tudo estragado — disse ele com uma voz sufocada. — Está tudo estragado e eu não sei porquê.

Lembrei-me do que a Amy e a Clare me tinham dito no túnel. Do plano que eu tinha inventado para discutir as coisas com o Andrew. Talvez nós os dois...

— Talvez não esteja tudo estragado — disse eu, expedita. — É que eu sei...

— Oh, cala-te! — Gritou o Andrew. Saltou para o baloiço e deu balanço para a frente e para trás. — Tu não sabes nada, Nancy! Tu inventas tudo!

Empurrou o baloiço com toda a força que tinha. — E desta vez estragaste tudo, também.

★ ★ ★

Acordei a suar e a tremer. À minha volta, o quarto tinha uma luz invulgar e, por momentos, pensei que já fosse de manhã.

Mas não era. Ainda estava tudo escuro. A luz vinha de trás das cortinas. Era uma luz amarela e baça como se houvesse uma lanterna gigante pendurada do lado de fora da casa.

Saltei da cama. Só aí me apercebi de que havia um cheiro a fumo no quarto. Corri para a janela e afastei as cortinas.

Ao fundo da estrada, para lá das árvores, via-se uma queimada enorme.

Ao fundo da estrada, para lá das árvores...

Não era uma queimada. Era a casa das Linklaters.

— Mãe! Pai! — Gritei o mais alto que pude e corri para o corredor.

Não houve resposta.

Chamei outra vez. Atravessei o corredor e abri a porta do quarto deles.

A cama estava vazia. Os lençóis estavam no chão, emaranhados num monte.

Gritei uma outra vez, ainda mais alto.

O Andrew cambaleou para o corredor, com os olhos a piscar.

— Mas...

— A casa das Linklaters está a arder — berrei eu. — A casa delas está a arder. A mãe e o pai não estão em casa!

O Andrew olhou fixamente para mim e, de repente, acordou. — Meu Deeeus! — Bramiu. — Depressa! Temos de ir!

— Onde é que estão os pais? — Perguntei, a choramingar.

— Estão *lá*, idiota! — disse ele, correndo para o seu quarto.

Peguei em alguma roupa e lembrei-me de me calçar. Um minuto depois, o Andrew e eu estávamos fora de casa e corríamos pela rua fora.

Quanto mais nos aproximávamos, mais intenso se tornava o brilho do fogo. As chamas faziam um barulho altíssimo ao estalar. Alguma coisa se partiu e as faúlhas explodiram no ar como se fosse fogo-de-artifício.

— Temos de encontrar a mãe e o pai — gritou o Andrew.

— E a Amy e a Clare? — Solucei. Olhei para a casa em chamas e pensei no quarto delas, nos cobertores enrolados, na pilha de cadeiras ao canto.

Já nada disso existia.

Contornámos o caminho à volta da casa delas. À frente da casa estava um carro de bombeiros. A luz de emergência acendia e pagava, girava e girava. Havia bombeiros a gritar e a correr por todo o lado. Dois deles seguravam uma mangueira e lançavam uma torrente de água sobre as enormes chamas. Pensava que assim que uma mangueira começasse a funcionar, logo a torrente de água apagaria de imediato as chamas. Mas aquela parecia não fazer o mínimo efeito.

— Vá lá — incitou-me o Andrew, que corria, à minha frente.

Mas eu não conseguia mover-me. À volta da casa estavam imensas pessoas. Vultos escuros carregavam peças de mobília e colocavam-nas na relva. Já lá estavam um sofá e uma mesa. Um candeeiro de pé erguia-se entre duas cadeiras. Era quase cómica, aquela sala ao ar livre. Com a luz das chamas vi a figura alta do meu pai a falar com o vulto baixo e redondo do Sr. Chevrolet. A minha mãe estava ao lado da Sra. Linklater. Tinha os braços à volta dos ombros dela. A máquina de costura da Sra. Linklater estava aos seus pés.

Alguém me puxou para trás. Era o pai do Lawrence Murdoch. — Sai daqui — disse ele, bruscamente. — Não é sítio para crianças

— A Amy e a Clare? — Gritei. — Onde estão a Amy e a Clare?

— Estão bem — respondeu o Sr. Murdoch. — Estão todas a salvo.

Virei-me para procurar o Andrew, mas ele já não estava lá. O Sr. Murdoch segurou-me pelo braço. — Vai já para ao pé da tua mãe, Nancy — admoestou-me.

Disse que sim com a cabeça e afastei-me dele, aos tropeções, em direcção aos arbustos. Queria encontrar a Amy e a Clare. Olhei para a minha mãe para ver se o Andrew estava com ela. Não estava. Também devia andar à procura delas.

Dirigi-me para as árvores que ficam em frente à casa. Sob a luz vermelha do carro dos bombeiros, vi um outro grupo de pessoas. A Sra. Wilkins estava ao lado da Sra. Murdoch. Estavam a falar com um bombeiro. A Sandra, a Tracy e o Lawrence não se viam em lado nenhum.

E continuava a não haver sinal da Amy e da Clare.

Depois lembrei-me do velho Studebaker.

O único problema era chegar lá sem ser vista. Pus-me de gatas e rastejei, por entre a relva alta, até ficar a cerca de três metros de distância do sítio onde estavam a Sra. Wilkins e a Sra. Murdoch.

Enquanto deslizava, fazendo esforços para não ser vista, o bombeiro foi-se embora e elas avançaram na minha direcção.

Congelei. Temia que, agora que já não estavam atentas ao fogo, me ouvissem.

— Terrível. Isto é terrível — dizia a voz fina e aguda da Sra. Wilkins. — E aposto tudo o que tenho como não tinham nada no seguro.

— Também acho que não — concordou a Sra. Murdoch. — Provavelmente não tinham dinheiro para isso. Os prémios dos seguros estão mais altos do que nunca. Tivemos agora de mudar o do apartamento do Tom.

— Não sabia que o Tom tinha um apartamento.

— Acabou de o comprar, em Toronto — disse a Sra. Murdoch, cheia de orgulho. — É para quando o Lawrence terminar o curso, no ano que vem. Ofereceram-lhe um emprego na General Motors de lá.

A Sra. Wilkins fez o seu risinho. — Devem estar tão orgulhosos dele.

— Estamos mesmo — confirmou a Sra. Murdoch. — O Tom empenhou-se de corpo e alma para o Lawrence tirar um curso superior. Agora vai ter um bom futuro. — Parou e depois perguntou: — Como está a Tracy?

— Exausta, coitadinha — respondeu a Sra. Wilkins com o seu riso agudo e estridente. — Passou o dia a ajudar-me no piquenique da igreja. Não quis acordá-la sem razão.

— Claro, fez bem — concordou a Sra. Murdoch. — O Lawrence está cá com o pai, obviamente. Mas os homens são mais úteis neste tipo de situações.

Pus-me a pensar, deitada na relva, no que diria a Sra. Murdoch se soubesse a verdade. Que agora o Lawrence não ia acabar o curso. Que ele não ia trabalhar para a General Motors. Que, em vez disso, ia casar-se com a Tracy Wilkins. Porque a Tracy Wilkins ia ter um bebé dele. Porque a Tracy Wilkins queria sair de casa e ele era o seu bilhete de ida.

Pobre Sra. Murdoch. Todas as conversas que ouvi entre ela e a minha mãe eram sobre os seus planos para o Lawrence. Repetia vezes sem conta que queriam muito dar-lhe as hipóteses que eles próprios nunca tiveram. E que, para pô-lo na universidade, a Sra. Murdoch tinha andado a fazer limpeza a escritórios e a arrumar prateleiras em supermercados.

— Desculpem interrompê-las, senhoras. — Era a voz do Sr. Wilkins. — Não há nada como um incêndio para as pessoas se encontrarem. Olá, Norma. Como está o Lawrence? Não sabemos nada dele há algum tempo.

O meu coração disparou. Como podia o Sr. Wilkins dizer tal mentira? Os céus deviam abrir-se e enviar um raio que o transformasse em pedra.

— O Lawrence está bem, obrigado, Rick — respondeu a Sra. Murdoch. — Ele e o Tom estão por aí. Que coisa horrível.

— Horrível — corroborou o Sr. Wilkins.

— Deve haver *alguma coisa* que possamos fazer para ajudar — disse a Sra. Murdoch. — Ficar aqui à conversa não chega. Vou procurar a Freya.

— Eu também vou andando — disse a Sra. Wilkins. — Mandei a Sandra ir buscar uma camisola a casa. É melhor ir ter com ela.

Foram-se embora e eu pude continuar a deslizar pela relva. Quando já estava suficientemente longe, pus-me primeiro de cócoras e depois, encolhida, desatei a correr.

Os pára-choques traseiros, cromados, do Studebaker surgiram à minha frente. Vi três cabeças no banco de trás.

Aproximei-me do carro com o coração a martelar. O que é que se diz quando a casa de alguém é destruída pelas chamas?

Bati no vidro e abri a porta da frente.

A Amy, a Clare e o Andrew estavam sentados no banco de trás.

Não quis acreditar. Tinham uma garrafa grande de *Coca--Cola* e um pacote de batatas fritas. Estavam todos a rir e, apesar de a Amy também estar a chorar, era como se alguma coisa fantástica tivesse acontecido.

CATORZE

Subi para o lugar ao lado do condutor e fechei a porta com força. Examinei as suas caras rosadas e alegres.

— Onde é que te meteste? O que é que se passa?

— Olá, Nancy — disse o Andrew. — Tentei encontrar--te mas tinhas desaparecido. — Pegou na garrafa de *Coca--Cola* e aproximou-a de mim. — Queres *Coca-Cola*? — A Clare estendeu-me o pacote de batatas fritas.

Subitamente, fiquei furiosa. Como podiam eles estar a rir? — O que é que se passa convosco? — Gritei. — Procurei-vos por todo o lado!

— Estamos a comemorar — disse o Andrew com uma voz resoluta e entusiasmada.

— Pois é! — Exclamou a Amy. — Estamos a comemorar, é isso que estamos a fazer!

Não podia acreditar no que estava a ouvir. Mas de que é que eles estavam a falar? Uma casa estava a ser completamente destruída pelo fogo. Era horrível o que estava a acontecer.

— O que é que querem dizer com isso de estarem a *comemorar*?

Foi a Clare a primeira a falar. Chegou-se para a frente e pôs a mão no meu ombro. — Tinhas razão, Nancy — disse ela. — A *mãe* e o Sr. Chevrolet estavam à porta do motel de Riverview.

— Contaram-nos esta noite! — Gritou a Amy. — Fomos jantar a casa do Sr. Chevrolet e eles disseram-nos.

— Por isso é que o Sr. Chevrolet estava tão estranho — explicou o Andrew. — Era para ser uma surpresa e eu quase estraguei tudo.

— De que é que estão a falar? — Perguntei. — O que é que era surpresa?

— Vão casar-se — exclamou a Amy, a chorar e a rir ao mesmo tempo. — Eles disseram-nos que vão casar-se.

— A mãe explicou tudo, Nancy — adiantou a Clare com a sua voz grave. — Explicou-nos que não se pode casar com alguém que não se conheça mesmo bem porque casar é uma coisa muito importante.

— Para isso é preciso ter longas conversas — continuou a Amy. — E esclareceu bem as coisas.

— E foi isso que eles estiveram a fazer — acrescentou o Andrew. — Em Riverview.

— Era lá que a mãe estava quando nós ficámos com a Sra. Sommers — explicou a Clare.

O Andrew aproximou-se e deu-me uma pancadinha no ombro. — Desculpa ter ralhado contigo nos baloiços — disse. — Tu não estragaste nada.

A minha cabeça girava como um disco em rotações aceleradas. Segurei-a com as duas mãos. — Mas a vossa casa... — Balbuciei. — A vossa casa está toda a arder.

— Pois é — disse a Amy, como se estivesse a falar de um incêndio no Alasca.

— Foi a mãe que descobriu — anunciou o Andrew, orgulhoso.

— Como?

— Quando estava a passear os cães ao fim da tarde.

— E onde é que *vocês* estavam? — Perguntei à Amy e à Clare.

— Acabei de te dizer — respondeu-me e Amy, agora a rir. — Estávamos a jantar em casa do Sr. Chevrolet.

— Olha, Nancy — recomeçou o Andrew, lentamente. — Foi assim: a mãe descobre o fogo. Corre para casa.

— O vosso pai chama o nosso pai — continuou a Amy.

— Amy! — Interrompeu a Clare, com uma voz perturbada.

— O que é que foi? Ele vai ser o nosso pai, não vai? —

Gritou a Amy. — Ele vai ser o nosso pai. — A voz dela repicava, como um sino enorme, cheia de felicidade.

Sacudiu os ombros para cima e para baixo. — Quem é que se importa com esta casa velha? Eu não.

Ao lado dela, o Andrew estava radiante e começou a falar atropeladamente: — Não percebes, Nancy? Por isso é que o Sr. Chevrolet estava a pintar os quartos. Estava a preparar a casa.

— E foi por isso que a nossa mãe lhe fez aquelas cortinas — disse a Clare, mais devagar.

— Preparar para quê? — Perguntei.

A Amy e a Clare desataram a rir. — Para nós, Nancy! Para nós! — Exclamou a Amy. — Vamos mudar-nos para casa do Sr. Chevrolet.

O meu pensamento retrocedeu até à tarde em que vira a Sra. Linklater fazer as cortinas. Vi-a passar a mão pelo tecido. Os seus olhos pareciam sonhadores e distantes. *Parecia estar a sorrir para um bebé.*

Devia estar a pensar no Sr. Chevrolet. Se calhar é assim que as pessoas ficam quando pensam casar-se.

— Porque é que não dizes nada, Nancy? — Perguntou a Clare. — Ainda não percebeste?

— Não te lembras do que te dissemos no túnel? — Perguntou a Amy.

— Aquilo do Sr. Chevrolet gostar da mãe e da mãe não reparar — relembrou a Clare, emocionada.

— É um milagre — gritou o Andrew. — Meu Deus, Nancy! É um milagre.

Um ruído fortíssimo encheu-me a cabeça. Era o troar das chamas. Era o troar de uma tempestade de vento na cozinha das Linklaters. O troar de ser envolvida no meio das vidas falsas dos Wilkins. Tudo troava à minha volta. De repente, o ruído cessou e eu comecei a chorar.

— Viva! — Exclamou a Amy. Chegou-se para junto de mim e abraçou-me. — Vêem, a Nancy já percebeu.

— Bebe mais *Coca-Cola* — disse o Andrew. — Guardei um bocadinho para ti.

Mostrou a garrafa. Estava vazia.

— Não importa — disse a Amy. Abriu a porta. — Vamos buscar mais. O Sr. Chevrolet tem imensas.

Saímos do Studebaker e caminhámos para casa. As chamas maiores estavam extintas. A mangueira devia ter, finalmente, acabado com elas. Muitos adultos estavam na sala ao ar livre, sentados nos sofás e nas cadeiras. Ouviam-se conversas, risos e o tilintar de copos e garrafas.

— A mãe e o Sr. Chevrolet devem ter contado a toda a gente — murmurou a Amy. Abraçou-se a si própria, exultante. — Vejam, estão a dar uma festa.

Atravessámos a erva alta até ao carro dos bombeiros. Os faróis estavam acesos, mas a luz vermelha intermitente do tejadilho tinha sido desligada.

Naquele momento, a Sandra Wilkins apareceu do outro lado do carro. Sob a luz dos faróis, a sua face estava branca e apavorada. Parecia que tinha visto um fantasma.

Pela cara que fazia, parecia que tinha sido a *sua* casa a pegar fogo.

— Aconteceu uma coisa terrível — gemeu. — Uma coisa mesmo terrível.

Deixei-me ficar para trás, na sombra. Não queria ter nada a ver com a Sandra Wilkins, nunca mais.

A Clare avançou. — O que foi, Sandra? — Perguntou.

— O que é que aconteceu? — Insistiu a Amy.

— Não sei o que é que hei-de fazer — murmurou a Sandra. Limpou a cara com a mão. — Não sei se devo contar-vos. Estendeu o braço e abriu a mão. Lá dentro estava um pedaço de papel amachucado.

— Encontrei isto na mesa da cozinha — disse tão baixinho que quase não a ouvimos. — Lê-o, Nancy.

Disse que não com a cabeça.

— O que é que diz? — Perguntou o Andrew. Tirou o papel da mão dela e segurou-o em frente às luzes do carro dos bombeiros.

Depois leu alto.

Queridos pais, o Lawrence e eu fomos para a Disneylândia. Vamos ficar com o nosso filho e não vamos voltar nunca mais. Tracy. P.S. — A Sandra pode ficar com a minha camisa cor-de-rosa.

— Estão a ver? — disse o Andrew, triunfante. Olhou para a Amy, para a Clare e para mim. — O que é que eu vos disse desde o início?

Vi a Amy e a Clare a olharem de boca aberta para a cara da Sandra, manchada e molhada pelas lágrimas.

— Quer dizer que a Tracy está *grávida*? — Perguntou, arquejando, a Amy.

A Sandra fungou e olhou para mim. — O que é isso?

Ignorei-a. Um peso enorme saíra-me dos ombros. Pela primeira vez desde que esta confusão tremenda começou, sabíamos todos o mesmo. Agora já não havia mais segredos. Não havia mais mal-entendidos. Era como se tivéssemos todos voltado ao ponto onde estávamos no início do Verão.

Bom, todos não. Algumas coisas tinham mudado. A Sra. Linklater e o Sr. Chevrolet estavam muito melhor. E tinha o pressentimento de que os Wilkins não seriam nossos vizinhos por muito mais tempo. Calámo-nos e olhámos para o sítio onde os adultos conversavam. O círculo de cadeiras e sofás estava iluminado pelos vestígios da casa, que ainda ardiam. O Sr. Chevrolet tinha o braço à volta da cintura da Sra. Linklater. Parecia estar a fazer um discurso. Ouvimos o risinho agudo e estridente da Sra. Wilkins e as gargalhadas fortes do pai do Lawrence Murdoch.

— Uau! — Exclamou o Andrew para si próprio. — Por esta altura, eles podem já estar a meio do caminho.

A Amy olhou para ele. — De que é que estás a falar?

O Andrew revirou os olhos. — Da Disneylândia, claro. — Fez uma pausa. — És parva ou quê?

A Clare, a Amy e eu olhámos umas para a outra. Não conseguimos evitar. Desatámo-nos a rir. Pouco depois estávamos todos agarrados uns aos outros e a rebolar de riso, engasgados de tanto rir.

Ao nosso lado, a Sandra fungava e assoava o nariz à manga. — Não sei onde é que está a graça! — Queixou-se. — O que é que eu vou *fazer*?

— Olha — disse o Andrew, tentando ser carinhoso apesar de não gostar muito da Sandra. — O que tens de fazer é o seguinte: — Devolveu-lhe a carta. — Contas o que sabes aos teus pais, com muito jeitinho e talvez, para o ano, eles te levem a *ti* à Disneylândia.

Estrela do Mar